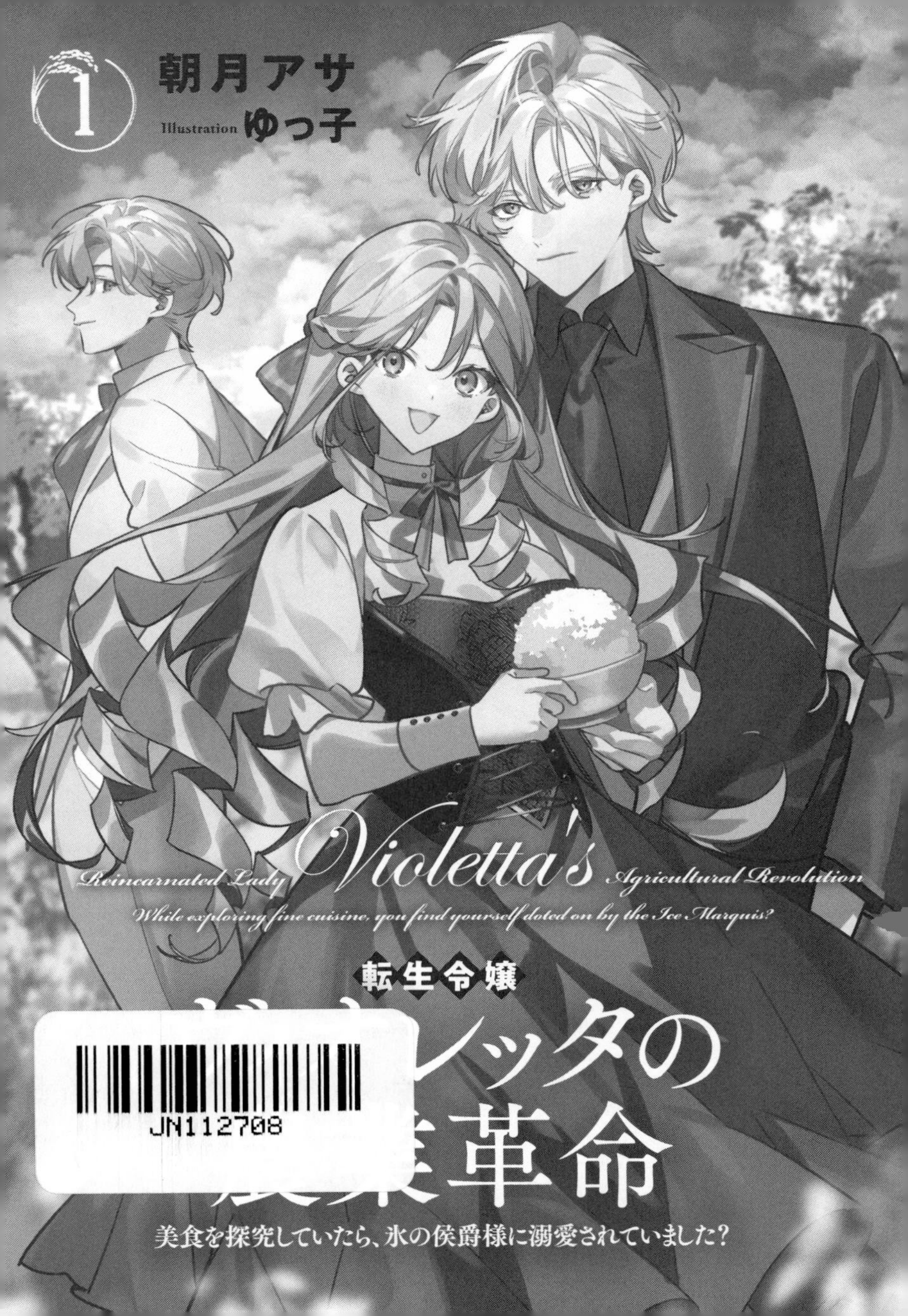
1
朝月アサ
Illustration ゆっ子
Reincarnated Lady Violetta's Agricultural Revolution
While exploring fine cuisine, you find yourself doted on by the Ice Marquis?
転生令嬢
レッタの
革命
美食を探究していたら、氷の侯爵様に溺愛されていました?

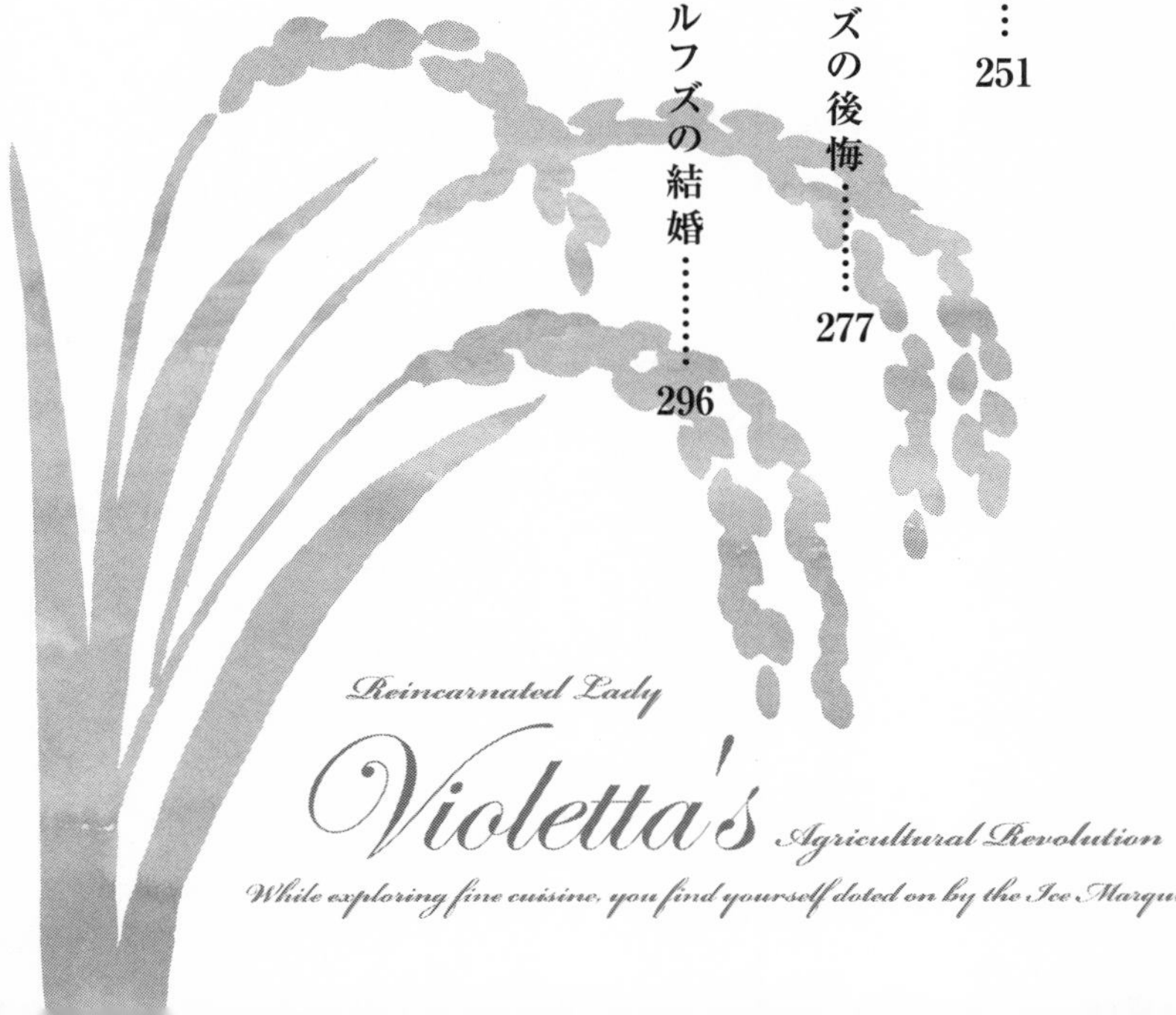
Reincarnated Lady
Violetta's
Agricultural Revolution
While exploring fine cuisine, you find yourself doted on by the Ice Marquis?

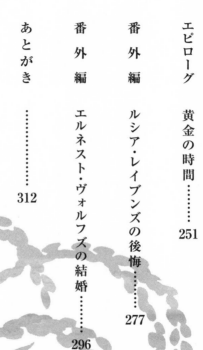

第一章　転生令嬢の目覚め

「つまり、侯爵様はこうおっしゃりたいのですね。わたくしと子をつくるつもりはないと」

王国の北に位置するヴォルフズ侯爵領での、結婚式後の初夜。

花嫁であるヴィオレッタは、夫の部屋の大きなベッドに腰を掛け、菫色の長い髪を揺らした。琥珀色の瞳で、夫となったエルネスト・ヴォルフズを見上げて微笑む。

エルネストは寝室の扉の前から一歩も動かず、ヴィオレッタを見下ろしていた。

その青い瞳はまるで氷のように冷たい。

そして、美しい銀髪が彼の冷徹さをより強調しているかのようだった。『氷の侯爵』の噂どおり、まるで氷の彫像だ。

「そのとおりだ。ふしだらな君を愛することはできない」

声が重く、固く響く。

ロマンチストなことだと思いながら、ヴィオレッタは小さなため息をつく。

政略結婚なのだから割り切ってしまえばいいのに、と。

「ですから、三年たてば離婚しましょうと言っているのに、それも嫌」

「…………」

「莫大な持参金を返せませんものね？」

――この結婚は契約だ。

ヴィオレッタの父であるレイブンズ伯爵は、侯爵家と血の繋がりを得たい。そしてついでに悪名高い娘を片づけたい。

そして侯爵家は金が必要だった。

双方の利害が一致し、この結婚は成立した。

――ヴィオレッタもこの地の窮状はよく知っている。

領地は広大だが、不作が続いていて税収が乏しい。

若くして爵位を継いだ彼が何とか金策をしている状態で、領の収支は大赤字。借金まみれである。

だからこそ、若く美しく潔癖な侯爵は、悪名まみれの毒婦であるヴィオレッタを引き取った。莫大な持参金と共に。

ヴィオレッタはくすりと笑った。

いっそ毒を呑み込んでしまえばいいのに、この侯爵はそれをしない。プライドがそうさせるのか、単なる嫌悪か。女性が嫌いなのか、ヴィオレッタ自身が嫌いなのか。

ヴィオレッタにとっては、どれでも構わない。

「随分とご都合のいい話ですね。ですが、そちらの事情も少しはわかっているつもりです」

口元に笑みを湛えたまま、エルネストを見つめる。

「ですから離婚はしません。ただ、ひとつだけお願いがあります」

「……言ってみるといい」

「この地でのわたくしの自由を保障してください。それぐらいよろしいでしょう?」

「ああ、構わない。何人でも愛人をつくればいい」

懐の広いことだと、ヴィオレッタは笑みを深めた。

「ありがとうございます、侯爵様。……ああ、いけませんね。もう夫婦なのですから。ねえ、エルネスト様?」

名前で呼びかけると、冷たい眼差しの奥の嫌悪感が強まる。

ヴィオレッタは気にせず続ける。

「明日のご予定は?」

「……早朝、王都に発つ」

「お忙しいことですね。それでは、ゆっくりとお休みください。エルネスト様」

ヴィオレッタは立ち上がってローブを羽織ると、部屋の奥にある扉を通って寝室を出た。

主人の寝室の隣には女主人の寝室があり、奥の扉一枚で部屋が繋がっている。
鍵はどちら側からもかけられ、どちらかが鍵をかければ行き来することはできない。

女主人の寝室に戻ったヴィオレッタは、扉の鍵をかける。もう二度と、この扉が開くことはないだろう。

誰もいない部屋で、冷えたベッドに座る。

――こうなるかもしれない、という予想はしていた。

ヴィオレッタの名前は、王都で悪い意味で有名だった。

男好きで、恋人を何人も抱えていて、とにかく自由で奔放。

そしてエルネスト・ヴォルフズは、その美しさと高潔さと仕事熱心さで有名だった。とにかく生真面目で、そして金がないと。

王国北部の領地は広大だが、ひどく痩せている。娯楽は何もなく、訪れる人も少なく、領民も少ない。

だからこそヴィオレッタはこの縁談を受け入れた。もちろん断る自由などなかったが。

父と母から結婚相手と嫁ぐ土地を説明されるたび、胸が高鳴ったものだ。

（あ～、助かった！）

すっかり安心してベッドに寝転ぶ。

――夫側から初夜を拒否してくれるなんて、なんて運がいいのだろう。

（男好きの遊び人が純潔だなんてバレたら、変に思われるものね。それにやっぱり怖いし。ほぼ初対面の相手と――子どもをつくるだなんて）

どういうことをするかは知っている。

前世知識も少しある。

知っているからこそ、恥ずかしい。そして怖い。

(ルシアのおかげで色々大変だったけれど、結果的にはよかったわ)

可愛らしく清楚な雰囲気で、愛嬌があり、遊びが大好きな二歳年下の妹——ルシア。

——ヴィオレッタの名前を使って夜の社交場を楽しんでいたルシア。

どうしてそんなことをしたのか問い詰めたら、「とっさにお姉様の名前が出ちゃったの」と瞳を潤ませていたルシア。

おかげで、伯爵領にこもって農業に夢中になっていたヴィオレッタに、とんでもない悪名がついてしまった。

(ふしだらな悪女だなんて、笑うしかなかったけれど、災い転じて福となす——というものかしら)

ともかくこれで、ヴィオレッタは自由だ。

侯爵夫人としての役割も求められないだろうし、跡継ぎをつくることも求められない。

子が生まれないとなると、父の婚姻戦略は散ることになるが、ヴィオレッタのせいではない。

(自由にしていいと言っていただけたし、旦那様は当分不在。明日からは楽しい時間を過ごせそうね。待っていなさい、わたくしの農地!!)

こんなに広い領地なのだから、ヴィオレッタが自由に使える余地もあるだろう。

(豊かにして豊かにして豊かにして、たっぷりと実らせて差し上げますからね！)

まずは少しずつ。そしていずれは全土を。

楽しみすぎてとても眠れる気がしなかったが、王都からここまでの長旅と、結婚式の疲れから、あっという間に寝てしまった。

——そうして、結婚初夜は無事終わった。


——ヴィオレッタ・レイブンズは転生者である。

そのことに気づいたのは十歳の時だった。

晴れた初夏の日——庭のバラ園で珍しい蕾を見つけ、不思議に思って触ってみると、バラの蕾でなくピンク色のイモムシだった。

声なき悲鳴を上げて後ろに倒れ、頭を打って、その衝撃で思い出した。

（わたくし……前世は日本人だったわ！）

転んだまま見上げた空はどこまでも青く、まさに青天の霹靂《へきれき》だった。

痛みよりも前世を思い出した衝撃でぼんやりしていたヴィオレッタは、慌てる使用人たちにすぐに部屋に運ばれて、医者の手当てを受けて、ベッドに寝かされた。

（日本……のどかで、田んぼが広がっていて……いまの季節は稲の緑がきれいで……）

ベッドの上で寝転び、静かに目を閉じながら、水田の光景を思い出す。

水の張られた田に青い稲がすくすくと伸びて、風が吹けばきらきらと光って。小麦畑に似ていて、違うもの。辺り一面に水が張られた水田が広がる光景は、他の何物とも違う。

とてもとても遠い記憶だ。

そしておぼろげな記憶だ。

幼いころに見た領地の風景と同じくらい——いやそれよりも曖昧な記憶。思い出せるのはぼんやりとした映像ばかりで、自分がそこにいたという実感がない。

なにせ、前世の自分の名前すら思い出せない。

家族のことも、どうやって死んだのかも。

ヴィオレッタとして生きて十年。その間の記憶で、前世の記憶は塗り潰されてしまったのかもしれない。

なのに。

(——お米……)

水田の風景に引っ張られたのか、ご飯の味はしっかりと思い出せた。

炊き立ての白米。おにぎり。匂いに、食感に、甘さと満足感。

(お米、白米、ライス……!)

残念ながらこの世界は小麦が主食。米など聞いたこともない。

だが、思い出してしまった。白米の味を。香りを。

思い出してしまえば、もう忘れることができない。

本当にこの世界には米は存在しないのだろうか。いいや、世界は広い。きっと、絶対、どこかにある。同じものでなくても、せめて似たようなものが。

「こうしてはいられないわ」

ヴィオレッタはベッドから起き上がると、頭に巻いてあった包帯をスルスルと外す。

周囲にいたメイドたちが慌て出す。

「お、お嬢様。まだ寝ていないといけませんわ」

「ぶつけただけだし、もう痛くないから大丈夫よ。お医者様もそう言っていたでしょう？」

言って、ベッドから下りる。

「お母様のところへ行ってくるわ」

ヴィオレッタは部屋を飛び出し、駆け足で廊下を移動する。

母の部屋の前に到着すると、勢いよく扉をノックした。

「お母様、ヴィオレッタです。入ってもいいですか？」

「……ヴィオちゃん？　ええ、いいわよ」

扉を開けると、ベッドの上で、ヴィオレッタの母が座って本を読んでいる姿が見えた。

「ヴィオちゃん、もう大丈夫なの？」

母は心配そうに菫色の瞳でヴィオレッタを見つめ、おろおろと金色の髪を揺らした。

「平気です。転んだだけですもの」

ヴィオレッタは明るく言って、母のベッドへ向かう。

「お母様、稲作というものをご存じですか？」

「いなさく……？」

「小麦に似ているのですけれど、水を張った浅い池のようなところで栽培するんです」

「あらまあ、ヴィオちゃん。栽培だなんて、難しい言葉をたくさん知っているのね。オスカーに教えてもらったの？」

「えっ、ええっと、お兄様にではなくて、本で……」

——前世の記憶を思い出したなんて言えない。

しっかりと思い出したのならともかく、あまりにもおぼろげで、うまく話せる気がしない。だからヴィオレッタは、前世のことは内緒にすることにした。

(……前世のことを思い出しても、ほとんど何も変わらないと思っていたけれど……言葉遣いが変わっているなんて)

自分では気づかなかった。

「まあまあ。ヴィオちゃん、本でお勉強をしたの？　ヴィオちゃんはとってもおりこうさんね」

母の細い手で優しく頭を撫でられて、ヴィオレッタは嬉しいような恥ずかしいような気持ちになった。母に褒められたり、撫でられたりするのは、とても嬉しい。

それと同時に、そのあまりにも細い手首が心配になった。

元々母は病弱だったというが、ヴィオレッタの二歳下の妹ルシアを産んでからはますます弱々しくなったという。

ほとんどの時間をベッドの上で過ごし、食が細いため身体も細い。肌は雪のように白く、いまにも消え入りそうなほど儚げで――……

（……白すぎではないかしら？）

白いを通り越して、もはや青い。

そして母からは、甘い匂いが漂っていた。砂糖と、クリームの匂い。

「お母様、またケーキを食べてらっしゃるの？」

「ええ、そうよ。ケーキは大切なお薬だもの」

ベッドサイドには、母のために雇われたパティシエが作ったケーキが置いてある。今日はチョコレートクリームのロールケーキ。ヴィオレッタも時々ケーキを食べさせてもらえるが、味も見た目も一級品だった。

「でも、いつもケーキばかりですよね？」

「いまはこれくらいしか食べられないのよ」

困ったように笑うが、本気で困っているようには見えない。

母は家族と食事を共にしない。肉も魚も、野菜も食べない。ステーキも、ムニエルも、スープもサラダも。

いつもケーキ。毎食ケーキだ。

お薬と言っているが、ケーキばかり食べるのはよくない気がする。とてもする。

あまりにも偏食が過ぎる。

（……これで、健康になれる？）

毎食ケーキだけを食べて、一日中ベッドで寝ているだけだなんて、どう考えても健康に悪い。

いままでは疑問にすら思っていなかったが、前世を思い出した影響だろうか。記憶はほとんどないけれども、知識は蓄えられたままなのか。

その前世の知識が叫んでいる。

――不健康、と。

「ヴィオちゃん？　どうしたの、難しい顔をして」

――このままではいけない。母がますます不健康になってしまう。

それは嫌だ。どうにかできないか。

ヴィオレッタは考えた。そしていいことを思いついた。

「お母様、今日はとってもお天気がいいの。お庭でいっしょにお散歩しましょう？」

にっこりと笑って、母の手をぎゅっと握る。

「あらあら。甘えん坊さんね。でも、ごめんなさい。お母様、今日は疲れているの」

「お母様と一緒にお庭を歩きたいのです。お願いです、少しだけでいいですから」

「……ふふ、少しだけよ？」

母はゆったりとしたドレスに着替えて、つばの大きな帽子をかぶった。手には白い日傘を差す。

ヴィオレッタも帽子をかぶって、手を繋いで庭を歩く。

「あら。黒鋼鴉《ナイトレイブン》が飛んでいるわ。きれいねぇ」

「わたくしも早く乗ってみたいです」

青空をゆったりと、大きなカラスが飛んでいる。

レイブンズ家には鳥類と心を通わせる異能があり、馬に乗るように鳥に乗ることができる。騎馬を操り平原を駆けるように、空を飛べる。

自分も早く空を飛んでみたい――でも、黒鋼鴉は正直、少し怖い。少しどころでなく怖い。だって、大きな大きなカラスだ。しかも力が強く、時には魔物を食べてしまうくらい好戦的だという。

――聞けば聞くほど怖い。

それでもきっと、そのうち慣れるだろう――未来の自分に託しながら、庭を歩く。たくさんの花が咲き、たくさんの小鳥たちが住む、楽園のような庭を。

「――母上？」

庭にいた金髪の少年が、ヴィオレッタたちを見て驚いたように立ち上がる。

「まあ、オスカー」

「お兄様」

眩い金髪に、菫色の瞳。母に似た顔立ちの少年はオスカー。ヴィオレッタの三つ年上の兄だ。

頭がよく、運動神経がよく、次期伯爵として父も母もおおいに期待している。

「母上、歩き回ったりして大丈夫なのですか？」

「ええ、今日はとっても調子がいいの。オスカーは何をしていたの？」

「虫と植物の観察を……」

「まあ、オスカーはおりこうさんね。お母様にも教えてくれる？」

「はい！」

オスカーの顔に喜びが広がる。

その様子を、ヴィオレッタは微妙な気持ちで見ていた。

ヴィオレッタは虫が苦手だ。先ほど転んで頭を打った時も、蕾と間違えて虫をつまんでしまった驚きのあまりだった。

レイブンズ家たるもの、鳥たちのエサでもある虫の扱いにも慣れなければならないのだが、怖いものは怖い。苦手なものは苦手。

できるだけ虫に近づかないように、母と手を繋いだまま少し後ろからついていく。

オスカーは生き生きと庭の植物について母に説明していく。聞いてもらえるのが嬉しくて仕方がないといった様子だった。

「オスカーは本当に物知りねぇ。ふう、それにしてもいいお天気ね」

母の青かった肌がわずかに紅潮し、軽く汗ばんできている。

ヴィオレッタは軽く母の手を引いた。

「お母様、わたくし喉が渇きました」

「あら、ヴィオちゃんも？　そろそろ休憩しましょうか。オスカーもいらっしゃい」

庭の散策はそこで終わり、テラスで休むことになった。冷たい水とあたたかいお茶、そしてジャムの載ったクッキーで、いつの間にか来ていた妹のルシアも交ざって簡単なお茶会をする。

母は幸せそうに微笑みながら、執事のジェームスに声をかけた。

「ジェームス、今日は子どもたちと一緒に食事をしたいの。わたくしの分も用意してくださる?」

「奥様、もちろんでございます」

執事は驚いたようだったが、それをほとんど表には出さない。ただ、少しだけ涙ぐんでいた。

その日の夕食時。

「身体を動かした後の食事はおいしいわ」

母は美味しそうに、よく煮込まれたスープを飲んでいた。他の食事はほとんど残してしまったが、それでも少しは食べていた。

その光景に、ヴィオレッタは達成感を覚える。

（軽い運動と、栄養たっぷりの食事。これを少しずつでも続ければ、いまより健康になれるはず！）

それからヴィオレッタは、毎日のように母と庭を散歩した。オスカーもよく一緒になった。雨の日は屋敷の中を探検した。

時にはルシアとも一緒に外を歩いた。

「おかあさま。わたしもー」

「はいはい」

ルシアが言うと、母はヴィオレッタから手を自然と離して、幼いルシアの小さな手を優しく握り、ゆっくりと歩いていく。

ヴィオレッタはそれを、少し寂しい気持ちで見つめる。

小さな妹が優先されるのは当然だから我慢できるが、寂しいものは寂しい。

二人が並ぶ光景が、祝福されているかのようにきらきらと輝いている。

ヴィオレッタの妹のルシアは、母の生き写しのような美少女だ。眩い金髪に、菫色の瞳。儚さと可愛らしさが溢れ、誰もが守ってあげたくなるような存在だった。

三兄妹の中で一番将来を期待されているのが長男オスカー。一番甘え上手で、溺愛されているのが末娘のルシアだ。二人とも金色の髪と、菫色の瞳で、並ぶととても美しい兄妹だ。

ヴィオレッタだけが、少し違う。

父譲りの菫色の髪と、琥珀色の瞳。

それらはとても大好きだけれど、ほんの少しだけ寂しい気持ちになる。

母のルシアの手を握る側と反対の手は、日傘がある。ヴィオレッタが「わたくしも！」と言えば、日傘を置いて手を繋いでくれるかもしれない。

だが、強い日差しを直接浴びれば、母が暑さで立ち眩みを起こすかもしれない。そう思うと、言えなかった。

そんな生活を三か月続け、秋がやってきたころには、病弱で色白で痩せていた母も少しずつ元気になってきた。寝込む頻度も減り、肌の血色も、目の輝きもよくなってきた。

偏食はまだあったが、色んなものを少しずつ食べるようになってきた。

ヴィオレッタはひそかに達成感を覚えていた。

その後、散歩と食事と睡眠と家庭教師以外の時間は、ヴィオレッタは農法と米の研究に勤しんだ。

父も母も読書が好きなので、屋敷の中には大きな図書室がある。この世界、本はとても高価なため、これだけの蔵書がある家はほとんどないらしい。

（この家に生まれてよかったわ）

ヴィオレッタは暇さえあればそこで本を読んでいった。図鑑に、歴史書、物語。だが、米らしき記述は見つからない。

（やっぱりこの世界にお米はないのかしら……いいえ、諦めてはダメよ！）

図書室にあるのは、世界の知識の一部だけ。

この世はもっと広いはず。ヴィオレッタが思いもよらない知識がたくさん存在するはずだ。

（お城の図書室には、もっともっとたくさんの本があるというわ。いずれはそこに入室できるようにしたいわね。でもその前に、家の本を全部読まないと）

どこにどんな秘密が眠っているかわからない。

夢中で本を読んでいるとオスカーが入ってくる。

「なんだ、またここにいたのか」

そう言うオスカーも、読み終わった本を抱えている。

ヴィオレッタは試しに訊いてみることにした。

「お兄様、コメって知っていますか？」

「コメ?」

「ライスと呼ばれているかもしれません」

オスカーは虫も植物も好きだ。よく観察したり、記録を付けたりしている。植物はともかく、虫についてはヴィオレッタには理解できないが。

「麦に似ていて、でも麦とは違って粒のまま炊いて食べるんです」

「大麦じゃないのか?」

「小麦とも大麦とも違うんです」

ヴィオレッタはそっと一枚の紙を差し出した。

おぼろげな記憶を頼りに描いた、豊かに実った稲穂の絵だ。

「ふーん。麦とは実の付き方が違うな」

さすが植物好き。目の付け所が違う。

「でもパンが一番うまいのに、なんでわざわざ粒のまま食べるようなのが食べたいんだ?」

オスカーの言うとおり、パンは食の芸術品だ。

麦の硬い殻を取って、美味しい白い部分だけを粉にして、酵母で膨らませて焼き上げる、とても手の込んだものだ。

ふわふわで柔らかくて香りがよくて、味がいい。とてもいい。

だが、それではヴィオレッタの欲望は収まらないのだ。

ヴィオレッタは米の味を知っている。いくら美味しいものに囲まれていても、米を忘れることはできない。

「知らないならいいです」

絵を回収しようとしたら、オスカー側から引っ張られる。

「まあ待てって。これ預かっておいていいよな」

「はい。いくらでも描けますからどうぞ」


――オスカーがヴィオレッタの描いた絵を持っていって、一週間。

「遠い南の地で似たようなものがあるかもしれない」

図書室にいたヴィオレッタの元へやってきたオスカーが、そう告げた。

「調べてくださったんですか？」

「暇だったし」

「でもどこで？」

ヴィオレッタではいくら調べてもヒントすら見つからなかった。

「城」

「お城ですか!?」

流石、次期伯爵。十三歳でもう城に出入りできるなんて。

ヴィオレッタはまだ城に行ったことはない。自分で直接資料を見られるのはまだしばらく先になりそうだった。

「流石に現物はなさそうだ。城は入れない場所も多いしな。けど、たまに南からの交易品で入ってくるらしい。取り寄せるとしたらかなりの費用と時間が掛かるだろうな」

「お兄様、ありがとうございます！　では行ってきます！」

「は？　どこへ？」

「南の地へ」

「ばか！」

シンプルに怒られる。

「黒鋼鴉《ナイトレイブン》にもまだ乗れないくせに」

「お兄様だってついこの間乗れたばかりじゃないですか。お兄様ができるなら、妹のわたくしにもできるはずです」

「ばか！　せめて大人になるまで待て」

オスカーが呆れたように図書室から出ていく。

――ともかく、この世界に米と似たものが存在するのがわかった。

存在するのなら、いつか手に入れられる。

ヴィオレッタはこの時ほど貴族に生まれてよかったと思ったことはない。

（大人になるまでなんて待てないわ。でも、わたくしが直接動くのは当分無理そうね。いまからできることは何かしら）

ヴィオレッタは考える。

（とりあえず、お金よね）

先立つものがなければ何もできない。

（それに、直接南の地にまで行かなくても、商会とのコネが作れれば、いつかは……）

米が手に入るかもしれない。

可能性が見えたことで、ヴィオレッタはこの世界がますます光り輝いて見えた。

（運よく手に入ったとしても、一度食べて終わりでは満足できないわ。種……種籾《たねもみ》？　それが手に入れば、作り放題で食べ放題よね）

気候が合うかの問題はあるが、合わなければ合う土地を探せばいいだけ。

未来が、夢が、無限に広がっていく。

「よーし、頑張るぞー！」

ヴィオレッタは俄然やる気になった。

（とにかくお金！　お金稼ぎよ!!）

奮起して立ち上がったところに、執事のジェームスがやってくる。

「――ヴィオレッタお嬢様、ご当主様がお戻りになられました」

「お父様が？　ずっと旅行に行っていたお父様が?!」

そういえばそろそろ帰ってくると言っていた気がする。

伯爵である父は、視察という名目でよく旅行をする。趣味と実益を兼ねて、世界中を回っている。

王都に帰ってくるのは珍しい。

そして父が帰ってくる時には、いつも大量の異国土産がある。

ほとんどがよくわからない民芸品で、屋敷の至るところにある怪しいものは、たいていが父の土産物だ。

今回はどんなものが増えるのか。今度は呪いの人形とか紛れていないといいのだが。

ヴィオレッタは足取り軽く、執事についていった。

居間に到着すると、父と母、兄オスカーと妹ルシアがすでに揃っていた。

そして部屋の中には所狭しと異国土産が並んでいた。

「おかえりなさいませ、お父様」

「おお我が天使、元気だったかい？」

「ええ、もちろんですわ」

父に抱き上げられ、頬にキスを受ける。

「ほら、お土産だ。好きなものを選びなさい」

ヴィオレッタは改めて異国土産を見る。

鮮やかな色彩で描かれた変なお面に、頭蓋骨のかたちをした不気味な水晶。波模様を描いた青い海のような陶磁器。想像上か、実際のものかわからない動物を描いた絵画。人形たち。

極彩色のタペストリーに、異国語の本がたくさん。眩く輝く大きな青い宝石。茶色く枯れた大きな花束。

（今回もお父様のセンスが爆発しているわね）

選り取り見取りだ。

ちなみに選ばれなかった品は屋敷のあちこちに飾られる。母が時々「インテリアのバランスが良くないのよね」とこっそり倉庫に片づけさせていたりもするが、父は気づいていない。

「わたし、これがいい。とってもかわいいもの」

ルシアが選んだのは人形だった。

金髪に大きな青い眼、レースのドレスを着たルシアそっくりな人形を、ガラスケースから引っ張り出している。奇妙な異国土産の中では、抜群のかわいらしさを発揮していた。

「おお、さすがルシア。いい目をしている」

「えへへ」

嬉しそうに笑って、人形を抱きしめる。

（わたくしは今回何をいただこうかしら……高く売れそうなのは宝石だけど……髑髏《どくろ》の水晶も何かのマニアが喜ぶかもしれないわ……）

米のために資金集めをしようとしているヴィオレッタは、高く売れそうかが基準になってしまっていた。

（本も気になるけれど、図書室に並べられるだろうし）

――その時、大きな花束がヴィオレッタの目に留まった。

ただの花束ではない。とにかく大きくて、色が褪せている。

ドライフラワーだ。

遠い土地の花たちなのだろう。見たこともない植物ばかりで、異国の香りがした。

その中に、ヴィオレッタはとてつもなく素晴らしいものを見つけた。

美しい花たちの引き立て役のように束ねられたその草は、奥深い褐色と金色が混在し、緩やかなカーブを描いていた。箒《ほうき》のような先端には、いくつもの粒がついていて垂れ下がっている。

(――これって、もしかして稲?)

記憶のそれと、よく似ている。

まさか、そんな都合のいい――幸運なことがあるだろうか。

だが、これは、どう見ても。

(ついているのはお米?)

――胸がドキドキして弾けそうだ。

この色、ざらっとした手触り、そしてどこか甘い香り――……

一粒だけ、こっそりと取ってみる。

周囲の硬い殻を剝いて、口の中に入れて嚙んでみる。

カリッと砕けた瞬間、ヴィオレッタは前世の記憶を思い出した時と同じくらいの衝撃を受けた。

――これだ。

この味だ。間違い、ない。

「……わたくし、これがいいです」

「ん？　ああ、それは珍しい植物を集めてつくった花束だな。おもしろい風合いになったから持ってきたんだが……ヴィオ、本当にそれでいいのかい？」

「はい。わたくし、これがいいのです。これ以外いりません」

身体の奥が震える。

まさか、まさかまさか、こんなに早く出会えるなんて。

「そうかそうか。それじゃあ、それはヴィオのものだ」

「お父様、ありがとうございます。大好き！」

ヴィオレッタは父に抱きつき、頬にキスをする。

「おお、我が天使！」

父にぎゅうっと抱きしめられる。

少し苦しいほどだったが、喜びに全身が満たされて全然気にならない。ヴィオレッタはこれ以上ない幸福感に包まれていた。

――その時。

「わたしもそれがいい」

ルシアの声が静かに響く。

小さな――だが強い声が。

「それがいい……それがいいのぉ……！　うわあぁぁあああん！」

大粒の涙をぽろぽろと零し、大きな声で泣き出す。

けっして人形からは手を離さないまま。

「まあ、かわいそうに。ヴィオちゃん、ルシアちゃんに譲ってあげなさい」

見かねた母がルシアの頭を撫で、ヴィオレッタに諭すように言う。

「えっ……」

母の言葉に、ヴィオレッタは冷たい海に突き落とされたような気持ちになった。

「そうしてやりなさい。こんなに泣いて、可哀そうだよ。ヴィオはお姉さんだろう?」

さあっ……と血の気が引いていく。

こんなことはよくあることだ。珍しいことではない。

いままで何度、一番欲しいものをルシアに譲ってきただろう。ルシアはいつも悪気なく持っていく。土産物だけではない。皆の関心も、同情も、愛も。

そういうものだと、我慢してきた。姉だから。兄もきっとこういう我慢をしてきたのだろうと思うと、我慢できた。

だが、これだけは。

これだけは、どうしても譲れない。

かといって頑なに拒否しようものなら、ルシアがもっと泣いてしまう。そうなれば、父も母も完全にルシアの味方になる。

(どうしたらいいの……?)

固まって動けなくなってしまったヴィオレッタの隣にやってきたのは、オスカーだった。

「ルシアは一番に人形を選んだんだから、二番目はヴィオに譲ってやれよ」

「えー、でもぉ……」

「特別に、この僕の順番を譲ってやるから。ルシア、ヴィオ、ルシア、僕――僕、ヴィオの順番で、全員ふたつずつ。あとは自由。それでいいだろ、お姫様」

ルシアはとても不機嫌そうに、頬を大きく膨らませる。

「別にいいもん。そんなお花、おねえさまにあげる」

ぷいっと顔を背けて、次の欲しいものを探しにいく。涙はもう止まっていた。

そして大きな青い宝石に目を奪われたらしく、きらきらと目を輝かせながらそれを手にした。

もうすっかりヴィオレッタのドライフラワーなど忘れているようだ。

その姿を眺めながら、ヴィオレッタはオスカーにこっそり声をかけた。

「お兄様、ありがとうございます」

「どうしてもそれが欲しかったんだろ。絵そのまんまだしな」

「……はい」

俯くヴィオレッタの頭を、オスカーがぽんと叩く。

「さて、僕は何を貰おうかな」

言いながら自分のものにする異国土産を探しにいく。

その背中を見つめながら、ヴィオレッタはもう一度心の中で礼を言った。

（ありがとうございます、お兄様。お米の栽培が成功したら、お兄様にも食べさせて差し上げますからね！）

自室の窓際に、大きなドライフラワーが吊り下げられる。

ヴィオレッタはその中から、黄金色に輝く稲の実だけを丁寧に採取した。

片手に載るだけの、わずかな種籾。それがどんな金銀財宝よりも輝いて見えた。

小さな粒の中に眠る無限の可能性に、ヴィオレッタは胸を高鳴らせた。

これを発芽させ、苗にして、育てるのだ。

（成功すれば、ご飯が食べられる……！）

いますぐにでも植えたいところだが、季節はまだ秋。稲作の始まりは春だ。

ヴィオレッタは待った。秋が終わり、冬が過ぎて、そして春が来るまで、準備をしながらひたすら待った。

そして、十一歳になった春。

ヴィオレッタは、ついに決行することにした。

失敗して全滅してしまうと目も当てられないので、まずは三分の一だけを使用することにする。

（思い出すのよ、ヴィオレッタ……前世のわたくしには稲作の経験があったはず。田んぼではなく、小さなバケツで、でしたけれど……）

ヴィオレッタはまず用意した鉢に浅く水を張って、種籾を浸す。

毎日様子を見ながら水を交換して、一週間後に細い芽が出てきた時には、世界の創生に立ち会ったような感動があった。

芽が出たので、今度は土に植えることになる。

庭で土の準備をしようとしていると、兄のオスカーがやってきた。

「何やってるんだ、ヴィオ」

「土づくりです。バケツに土と水を入れて、お米の苗床をつくるんです」

「ふーん」

小さなスコップで庭の土を掘り返し、ブリキのバケツに入れていく。

その時、黒々とした土の中にいる虫を見つけてヴィオレッタは思わず後ろに引いた。

良い土の中には必ずいるという、うねうねとした細長い虫——土虫。

硬直しているヴィオレッタの前で、オスカーがその土虫を素手で摘まんだ。

（え？　このお兄様、本気？）

土虫を手づかみするなんて。

呆然としているヴィオレッタに向けて、オスカーがにいっと笑う。

そしてヴィオレッタに向けて、ぽいっと土虫を投げた。

「きゃあああああ!!」

ヴィオレッタはスコップを投げ捨て、全力で逃げる。

オスカーの愉快そうな笑い声が後ろから聞こえる。

「お兄様のいじわる！」

充分に距離を取って、倉庫の陰に隠れながらヴィオレッタは叫ぶ。

「虫嫌いを克服しないと栽培なんてできないぞ」

「うっ……」

悔しいがそのとおりだ。

植物に虫は付きものだ。

怖い、嫌だ、と言っていても何も解決しない。そうしている間にも、植物は危険に晒される。虫も生きるために必死なのだ。

「まあ、虫はそのうちなんとかなるさ」

「本当ですか？」

ヴィオレッタは身を乗り出す。

植物と虫の好きな兄のことだ。虫がこない方法を編み出してくれるのだろうか。

「山ほど湧いてくる敵から、大事な苗を守らなきゃならないんだ。嫌でも慣れる」

「やだー！」

「黒鋼鴉《レイブン》に乗りたいなら、エサも直接やらないとダメだし。こいつをバケツ一杯に詰めてだな——」

「やだー！」

涙が滲んでくる。逃げ出したいが、嫌だと言っても始まらない。元の場所に戻り、土虫に耐えながらバケツに土を入れた。

その後は水を張ってよく混ぜて、ひたひたの泥ができたところに芽の出た種を植えていく。

オスカーも興味津々のようで、ヴィオレッタの隣でそれをずっと見ていた。

準備がすべて終わると、バケツに蓋をするように薄い布をかけて、鳥に食べられないようにする。

そして祈る。

「ちゃんと育ちますように」

それからは毎日何度も確認し、水が減っていたら苗が倒れないように慎重に水を足した。ずっと見ているとなかなか成長を感じられないが、それでも苗は毎日少しずつ大きくなっていく。

植えた三割は無事根付いたようで、ヴィオレッタは心の底からほっとした。

（わたくしが、この子たちを守らないと）

緑色の葉が出て、すくすくと伸び始めると、あとは順調だった。

毎日何度も何度も見て、虫がついていたら二本の棒で摘まんで必死に取った。

オスカーは稲の様子を毎日記録し、スケッチしていた。

新しい植物――それも妹がやけに執着している植物、というのはオスカーにとっても興味深かったらしい。

そうしているうちに夏が訪れ、稲はどんどん伸びていく。

やがて小さな白い花が咲き、ヴィオレッタは感動に打ち震えた。

「ああ、命って素晴らしいですわ……」

「大げさなやつだな」

毎日の世話に応えてくれたのか、花は無事に受粉し、実がつき始めた。

実はどんどん膨らんで、少しずつ穂先が垂れていく。

季節が進むたびに、穂先と葉先が黄金色に染まっていき、柔らかかった実が硬くなっていく。

――ブリキバケツ稲は、成功した。

光を受けながら風に揺れる稲穂の姿を、ヴィオレッタはオスカーと共に見つめた。

「お兄様のおかげです」

「いや、ヴィオががんばったんだろ。やるな、お前」

実の様子を確認して、問題なさそうだったので鎌で切って収穫する。

その後は乾燥させる必要がある。

量が少ないので、藁をいくつかまとめてドライフラワーのようにして、部屋の異国土産のドライフラワーの横に吊るした。

充分乾燥したところで、今度は穂先から実を取り外していく。脱穀という作業だ。これは古い櫛を使い、髪を梳《と》かすようにして藁から実を外した。

全部で両手いっぱいほどの実が取れた。

――少ない。

けれど、最初よりはずっと増えた。これは大きな第一歩だ。栽培して増やせることが実証されたのだから。

（ついに、お米が食べられるのね！）

来年のために保管しておこうかとも考えたが、食べてみないと始まらない。

自分へのご褒美に、そして次のためにも、少しだけ食べてみることにする。

食べるとなれば、次は籾殻を取らなければならない。

すり鉢とすり棒を厨房から借りてきて、テーブルの上でゴリゴリとすっていく。

ある程度すり終わって息を吹きかけると、外れた殻がふわりと浮いて飛んでいった。

（ここまできて、やっと玄米……）

道のりが遠い。

小麦然り、穀物を食べられるようにするのには手間がいる。

米を量産する時には、効率よく作業ができる道具も考えなければ。

――次は精米だ。

米を瓶の中に入れ、糠《ぬか》を取るためにすり棒でつく。つく。ひたすらつく。

しかしいつまでたっても白米にはなりそうにない。糠は少しずつ出てきている気がするが、とてつもなく果てしない。

ヴィオレッタは疲れ切って、机に突っ伏した。

「これ以上やると割れてしまいそう……とりあえずはこのくらいでいいか……」

白米には全然届かないが、ひとまずここまでにしておく。

「さあ、いよいよ炊飯よ」

片手の手のひらに載るくらいの量の米を握りしめ、ヴィオレッタは厨房へ向かう。

――ここで、非常に重大な問題が出てくる。

こんな少量の米を炊くような調理道具がない。

仕方ないので料理長に一番小さな鍋を借り、米をよく洗ってから水を張って吸水させる。

一晩水につけると、かなり膨らんできた。

(焦がしてしまうより、ポリッジ……いえ、お粥にしましょう)

ミルクで茹でるポリッジではなく、水で茹でるシンプルなお粥にすることにする。

流石にかまどを使うのはヴィオレッタには無理だった。

料理長に頼み、焦がさないようにだけ気をつけて茹でてもらう。

――そうして、一時間後。

「できましたよ、ヴィオレッタお嬢様」

「ありがとう！」

白い皿に、白く濁ったスープが注がれる。そこでは茹った米がふよふよと浮いていた。

やさしい香りは、稲穂と同じ香りだ。

ほんの少しだけ塩を振り、スプーンですくって食べる。

じんわりと、じんわりと、あたたかいスープを味わう。

「おいしい……」

感動の涙が零れ落ちる。

この一皿のお粥が、ヴィオレッタの人生を切り開いていくだろう――……

「ヴィオレッタお嬢様……よかったですね……」

何故か、料理長も感動しているようだった。この家の人間はみんな、ヴィオレッタが奇妙な植物を熱心に育てていたことを知っている。

「お、できたのか」

匂いに引かれたのか、オスカーも厨房にやってくる。

そしてヴィオレッタに一言の断りもなく、お粥を一口食べた。

「……なんだこれ？　味がないし、粘り気が気持ち悪い。べちゃべちゃだし、芯があるし」

「お兄様は食べなくていいです！」

ヴィオレッタはお粥をオスカーから奪い取り、覆いかぶさって死守する。

「あっ、コラ！　誰のおかげだと思ってるんだ！」

「わたくしががんばったからです！」

――そうして、初めての稲作、初めての精米、初めての調理は、無事成功したのだった。


残った種籾はガラスの瓶に入れて、自室で保管した。

机の上に置いたそれを、ヴィオレッタはうっとりと眺める。

「なんて美しいのかしら……光り輝いているわ……ああ、早くこの稲が一面で揺れている景色が見てみたいわ……」

せっかく種籾を増やせたのだから、もっとたくさん栽培したい。

だが、ヴィオレッタの自由にできる庭のスペースは限られている。

それに、どうせなら、バケツではなくて田んぼで作りたい。

庭に田んぼを——浅い池を作りたい、と言ったところで許してもらえるだろうか。

(多分、無理ね)

許してもらえたとしても、成功すれば来年はもっと広い土地で栽培したくなる。

そもそも水源の問題もある。田んぼには大量の水が必要だ。

(ならやっぱり、領地の方で好きにやりたいわ)

領地の広大な土地なら、ヴィオレッタの田んぼをつくるスペースは充分にある。池も、川もある。

(おばあ様ならわたくしのしたいことも応援してくださるでしょうし)

多くの貴族は夏の盛りから冬にかけては領地で過ごし、春先から初夏にかけての社交シーズンは王都に住む。

だが、レイブンズ家は、伯爵夫人——ヴィオレッタたちの母の体調が悪かったこともあり、通年王都で過ごしている。そして領地のことは隠居していた祖母に任せている。

(十五歳になったら貴族学園に入学することになるから、それまでに領地の方で栽培を進めておきたいわ)

王都とレイブンズ家の領地は馬車で移動すれば三日かかる。だが、黒鋼鴉を使えば空を飛んで八時間ほどでいける。

実際には休憩を挟むのでもう少しかかるが、日の出ているうちに移動可能だ。

よく訓練された黒鋼鴉なら、騎手がぼんやり過ごしていても目的地まで運んでくれるらしい。

せっかくレイブンズ家に生まれたのだ。使わない手はない。

(そのためには、アレが必要なのよね……)

――黒鋼鴉に乗るのには、恐ろしい試練を乗り越えなければならない。

とても、とても恐ろしい試練だ。

できれば関わりたくない。逃げ出したい。

だが、目的のためには――……

(ちゃんと、向き合わなくちゃ)

ヴィオレッタは意を決して、農作業用のドレスに着替えた。口と鼻を隠すようにスカーフを巻いて、庭の片隅に向かった。

庭の角にある物置の横には、黒い土が積まれた場所がある。

それは植物のための肥料であると同時に、土虫の養殖場でもあった。

大きなスコップを入れて土を崩すと、例の細長い虫がうにょうにょと現れる。

(いやあああああ!!)

心の中でひとしきり叫んだ後、心を殺して、土虫をバケツ一杯に集めていく。

自分がこんな恐ろしいことをしているなんて信じられない。

だがこれも、夢のため。

白米をお腹いっぱい食べるという野望のため。

そのためならどんな試練も乗り越えてみせる。

すべての準備が終わり、ヴィオレッタはバケツを持ち上げ黒鋼鴉の厩舎へ向かった。

二年前、初めて黒鋼鴉と間近で対面してから、ほとんど近づくことすらなかった場所へ。


——黒鋼鴉《ナイトレイブン》。

成体であれば人間が乗ることができるほど大きいカラス。

身体は黒く、瞳は深い黒。その嘴《くちばし》は鋭利で、鋼のように硬い。

脚力と爪も強力で、嘴と爪で敵と戦うらしい。

レイブンズ家には鳥類と心を通わせる力があり、黒鋼鴉に乗れて一人前と認められる。

『この子がヴィオの黒鋼鴉だ。愛情を込めて育ててあげるんだぞ』

——二年前。父にそう言われて見せられたのは、黒く、ずんぐりと丸い身体の雛だった。

そのシルエットをかわいいと思うと同時に、まだ嘴の黄色い雛なのにヴィオレッタを呑み込んでしまいそうなくらい大きな口を、怖いと思った。

あまりに怖くて父の後ろに隠れたままでいると、父は笑いながらヴィオレッタの頭を撫でた。

『大丈夫だ。ヴィオレッタもレイブンズ家の子なのだから。すぐに心を通わせられるだろう』

父は朗らかに言う。だが、ヴィオレッタは気が気ではなかった。

鋭い爪に、鋭い嘴。こちらの心まで見通すような目。どれも、とても強そうで。

本当に仲良くなれるのか、乗れるのか、自信が持てなかった。

『名前も好きにつけていいぞ』

父の言葉に、どきりとする。名付けの責任の重さは、ヴィオレッタにも理解できた。

ヴィオレッタは悩んだが、頭の中に自然と浮かんできた名前を付けることにした。


「――クロ」

ブリキバケツを手に、厩舎の若い成体の前に立ち、名前を呼ぶ。

一羽の黒鋼鴉が吸い込まれそうな大きな瞳でヴィオレッタを見つめた。

「長い間待たせてごめんなさい。わたくしと仲良くしてほしいの」

ヴィオレッタは決意を示すように、必死で集めたバケツ一杯の土虫を差し出す。

黒鋼鴉――クロは嬉しそうにバケツに顔を突っ込んで、それを食べ始めた。

（ひいぃぃぃぃい）

ヴィオレッタは完全に及び腰になりながらも、にっこりと笑いながら視線を逸らさずにいた。

やはり怖い。

怖いが、ヴィオレッタが必死で集めた土虫を嬉しそうに食べている姿を見ていると、段々と可愛く思えてくる。

（――いいえ、クロはいつも可愛かったわ。わたくしの大切なパートナーですもの）

クロはあっという間に土虫を食べ終わり、ヴィオレッタを興味深そうに見つめた。

何をしに来たの？　――と言っているかのようだ。

「クロ、わたくし、空を飛びたいの。一人前になりたいの」

不思議そうに首を傾げる。

本当に心が通じているのかはわからない。

だが、ヴィオレッタは話しかけ続けた。

「クロ、わたくしと一緒に冒険しましょう」

心からの気持ちを。言葉を。

「空の果てまで行って、美味しいものをたくさん探しましょう。いっしょに楽しいことをたくさん見つけましょう。あなたがわたくしの翼になってくれたら、とっても、とっても嬉しいわ」

笑いかけると、クロも笑ったような気がした。

心が通じているかはわからない。

だが、クロの眼差しにあたたかいものを感じる。

「ありがとう。それじゃあ、いっしょに練習しましょうね」

部屋に戻って乗馬用の服に着替えてから、黒鋼鴉の調教師に頼んで、クロを外に連れ出してもらう。彼はレイブンズ伯爵家のすべての黒鋼鴉の世話をしてくれている大ベテランだ。

ヴィオレッタはクロの隣を歩きながら、屋敷の裏の広場に向かう。

青空の下で見るクロは、羽根が黒々と輝いていて、とても美しく、勇ましかった。

「撫でてもいいのかしら」

調教師に訊くと、笑みを浮かべて頷く。

「ええ、ゆっくりと撫でてあげてください。きっと喜びますよ」

言われた通り、ゆっくりと慎重に撫でてみる。艶々した羽根はとても撫で心地がいい。クロも気持ちよさそうにしているように見える。

「へえ、少しは仲良くなったみたいだな」

ヴィオレッタがクロと戯れているところに、オスカーがやってくる。

「お兄様、どうしてこちらに？」

「どうしたもこうしたも、お前が何か企んでいるのが見えたからな」

「企みではありません。『お父様とお母様が知らない間に黒鋼鴉で飛べるようになってびっくりプロジェクト』の始まりです！」

「そんなこと企んでたのか……」

やや呆れたように口元を引きつらせる。

「なんでいきなり黒鋼鴉に乗りたがっているんだ？　あんなに怖がってたくせに」

「領地の方で、お米を栽培したいのです」

「どれだけ好きなんだ……」

オスカーは困ったように頭を抱え、そしてヴィオレッタを見た。

「それじゃあ、僕に言うことがあるんじゃないか？」

ヴィオレッタは首を傾げる。兄が何を求めているかわからない。クロも隣で首を傾げていた。

「ほら、僕は黒鋼鴉に乗れるんだぞ」

特大ヒントが与えられる。

ヴィオレッタはくすくす笑い、オスカーを見上げた。

「黒鋼鴉の乗り方を教えてください、偉大なお兄様」

「そこまで言われると仕方ないな」

オスカーは誇らしげに胸を張り、ヴィオレッタの前に立った。

「いいか、ヴィオ。僕たちも黒鋼鴉もお互い命を預けるんだから、まずは信頼し合うことが大切だ」

熟練の軍人のように偉ぶって言う。

「――黒鋼鴉は頭がいい。人間以上かもしれない。恐れは見透かされるけれども、信頼も伝わる。友人となって、すべてを預けるんだ」

「はい！　わたくし、クロとすごく仲良くなって、あちこち飛び回れるようになります！」

「いい心がけだ」

オスカーはどこか嬉しそうに言って、ヴィオレッタの隣のクロを眺める。

「……ところで、お前の黒鋼鴉、どうして『クロ』って名付けたんだ？」

「直感です。これしかないって思いました」

――いま思えば、前世知識の「黒」から来ているのだろう。名付けた時は前世のことは思い出していなかったと思っていたが、本当はもっと前から思い出し始めていたのかもしれない。

だがそれを兄に説明するのは難しい。

この世界と、前世の日本との言語は違う。ヴィオレッタは自然と頭の中で両方理解できるが、誰かにそれを説明するのは難しい。

(時々、同じ意味と発音の言葉があるからびっくりするけれど)

日本とこの世界の繋がりを感じるから、そういう言葉に出会うと嬉しくなる。きっと広めた人間がいるのだ、と。

「直感か。いいな。直感には間違いがない」

「お兄様の黒鋼鴉の名前はなんでしたっけ？」

「ブラックサンダー」

「……ブラックサンダー？」

オスカーはとても誇らしげに言う。

「格好いいだろ」

――黒鋼鴉が空から勢いよく降りてくる姿は、確かに黒い雷のように見える。

「わあー、すごくカッコいいです」

ヴィオレッタがパチパチと手を叩いて賞賛すると、オスカーがとても満足げに頷く。

「それじゃあ、今日はまず乗ってみる練習だな。鞍《くら》を付けてやってくれ」

オスカーと調教師が手慣れた動作でクロに鞍を取り付ける。

クロも慣れたもので、大きな鞍を付けられても不快感を示さなかった。どうやら、いつでも騎乗訓練が始められるように、日頃から鞍に慣らされているようだった。

「それじゃ、乗ってみろ」

オスカーは楽しそうに笑っている。調教師は少し心配そうな顔でヴィオレッタを見ていた。

「では、乗りますね」

落下した時に受け止めるためか、調教師がすぐ隣にくる。

ヴィオレッタはクロの手綱を握り、あぶみに足をかけて、ひょいっと身体を引き上げる。

少し大変だったが、何とか落ちることなく鞍に座った。

視界が一気に高く、広くなる。

心が震えた。そこから見える景色は、まるで別世界だった。

（……なんて、すてき……）

――ヴィオレッタはいま、一歩踏み出したのだ。新しい世界に向けて第一歩を。

「……なんでだ？」

「お兄様？　何か変でしょうか」

「どうしてあっさり乗ってるんだ？　どうして振り落とされない？」

何故かショックを受けている。そしてとても悔しげだった。

おそらく――オスカーは慣れないうちに何度も振り落とされたのだろう。何度も何度も。

ヴィオレッタはクロの背に乗りながら、クロの頭を撫でる。

「きっと、クロが紳士ということでしょう」

「くそ……まあいい。お前にケガさせると大変だからな」

ぶつぶつと言ったあと、ぱっと顔を上げる。

「予定変更。今日は乗ったまま走る訓練だ」

「まだ飛ばないのですか？」

訊くと、やや呆れたような表情になる。

「あのな、ヴィオ。空を飛ぶってのはすっごく大変なんだ。黒鋼鴉自身もな。しかも！　そこにお前を乗っけるんだから、そりゃもうすっっごく大変なわけだ」

「わたくし小さいですし、重くないですよ？」

「言ってろ。お前はそう思ってても、クロは思ってないからな。重くて邪魔だなこいつ、振り落としてやりたいなって思ってるからな」

「そ、そうなの、クロ？」

クロは短く鳴く。その真意はヴィオレッタにはまだ読み取れない。

「――あとな、ヴィオ。乗るだけでもすげー大変だからな」

オスカーの含みのある笑い方に、嫌な予感がする。

「何か企んでいます？」

「まさか。妹思いの兄になんて言い草だ」

ますます嫌な予感がしたが、教えてくれそうにない。

ヴィオレッタは深く息を吸い、しっかりと鞍に座る。

「歩いて、クロ」

指示を出すと、クロはゆっくりと歩き始めた。

「ヴィオ。リラックスして、クロの動きを感じるんだ！」

ヴィオレッタはその動きに合わせて身体を揺らして、リズムをつかんでいく。

クロの大きな足音が、屋敷の裏庭に響き渡る。

徐々にクロの歩みは速くなり、やがて小走りに変わった。風がヴィオレッタの髪をなびかせる。

（すごい、すごい、速い！）

新鮮な感覚に高揚する。地面を走っているのに、空を飛んでいるような感覚だった。

このままどこまでも、風を切って走っていきたい。

そしていつか、空高く飛びたい。世界の果てまで。

（クロとならきっと行けるわ！）

ヴィオレッタの高揚に応じるように、クロが更に速度を速める。

クロも楽しんでいるのだと伝わってきた。

更に速度が速まる。速まる。速まる。

（——と、止まって、止まってえええぇぇ！）

ヴィオレッタの心の絶叫は、楽しんで走っているクロには届かない。

振り落とされないように必死にしがみつくので精いっぱいだった。

(本当に、心が通じているのー!?)

しばらく走り回って、ようやくクロの速度が落ちてくる。ずっと走り続けていた脚が、ゆっくりとした動きになり、ようやく止まる。

肩で息をするヴィオレッタのところに、オスカーがやってくる。

「ヴィオ、お前、才能あるな。立派にレイブンズ家の一員だぞ」

「お、お兄様……あ、ありがとうございます……」

「何だヴィオ、泣いてたのか?」

「な、泣いていません……」

涙は走っているうちに乾き切った。

「ほら、今日はもう終わりだ。ゆっくり降りろ」

「は、はい」

ヴィオレッタは慎重に鞍から降りる。そのままへなへなと地面に座り込んでしまった。

「あ、足が……」

足腰が立たない。

オスカーがにやりと笑う。

「騎乗には普段使わない筋肉を使うからな。しばらくは筋肉痛だ。勲章だと思え」

「く、勲章……これが勲章……」

ヴィオレッタは何とか立ち上がろうとするが、足がぷるぷる震えて立つのがやっとだった。

オスカーがすごく楽しそうに笑っていた。

（お、お兄様はこれが見たかったのね……）

——兄は時々、すごくいじわるだ。

「ほら、今日は特別に部屋まで背負ってやるよ」

「お兄様、ありがとうございます……わたくし、すぐにもっと上達しますね。体力も付けます」

「まあ、頑張れ。あんまり焦らなくてもいいからな」

「はい」

しゃがんだオスカーの背によりかかり、そのまま背負い上げてもらう。

——兄は時々、すごく優しい。

背中のあたたかさを感じながら、ヴィオレッタは軽く目を閉じる。

今日は走るだけで泣いてしまったけれど、きっとすぐに飛べるようになる。

そうしたら、どこまでも冒険しにいきたい。

そう、クロと約束したから。


——その後、両親の知らないところで何度も黒鋼鴉の騎乗訓練を行った。何度も振り落とされて鞍から落ち、身体を打った。

クロはまだまだ紳士ではなかったし、ヴィオレッタも未熟だった。

それでも少しずつ上達していき、本格的な冬が訪れる前に、ヴィオレッタはプロジェクトの最終段階を決行することにした。

「お父様、失礼します」

騎乗服を着て、父のいる執務室に行く。部屋には父とオスカーがいた。オスカーは、爵位と領地を継ぐ勉強として少し前から父の仕事の手伝いをしている。

「どうした、我が天使。まるでいまから空にピクニックに行くみたいじゃないか」

「お父様。わたくし、領地で農業をしたいのです。黒鋼鴉で領地と王都を行き来することを認めてください」

「ダメだ」

あっさりと却下される。

ヴィオレッタは真剣な顔で続けた。

「お願いです、お父様。わたくし、領地をもっと豊かにしたいのです。色々試してみたいのです。やらせてください」

「どうしたんだ、ヴィオ。いきなりそんなことを言って」

父はヴィオレッタが米作りに夢中になっていたことを知らない。

娘がいきなり農業をやりたいと言い出すなんて、青天の霹靂だろう。

「志は立派だが……お前はまだ黒鋼鴉に乗れないだろう」

困ったように言う。

ヴィオレッタはにっこりと微笑んだ。

「では、乗りこなせれば問題ないのですね？」

「ん？」

「テストしてください、お父様。無事に乗りこなせれば、一人前と認めてください」

ヴィオレッタが笑顔で言うと、父はますます困った顔をする。

「父上、ヴィオは言っても聞きませんよ。自分の実力を思い知れば、諦めるでしょう」

オスカーが言うと、父は唸りながら腕組みをする。

「う、ううむ……だが……もし万が一怪我をすれば……」

「僕が横で見ていますから」

オスカーの菫色の瞳が、ヴィオレッタを見る。

にやりと笑うオスカーに向けて、ヴィオレッタも微笑んだ。

——父と兄が一緒にいるタイミングで、父にテストを頼む。これは事前に二人で計画していたことだ。一人で頼んでも、きっとはぐらかされる。だから二人がかりで攻め込もうと。

これが、兄も巻き込んだ一大プロジェクトの総仕上げだった。

「ううむ……オスカーが見ているなら、そう危険もないかもしれんが……いいや、ダメだダメだ。もし顔に一生残る怪我をすれば、大変なことに……！」

父はいつかヴィオレッタをどこかの高位貴族に嫁がせるつもりらしいから、慎重になるのも当然だった。

だが、いまのヴィオレッタは、良家に嫁ぐよりも農業の方が大切だ。

それに、傷ぐらいで嫌がる相手なんて、こちらから願い下げである。

「父上、そもそも黒鋼鴉と心を通わせていなければ、飛ぶどころか鞍に乗ることすらできません。そこで落ちても少し痛い思いをするくらいです。僕がちゃんと傍で見ていますし」

オスカーの再度の説得に、父はようやく心を決めたようだった。

「……よし、ヴィオ。いまのお前を、父に見せてみなさい」

「ありがとうございます！」

執務室から飛び出したヴィオレッタは、急いで黒鋼鴉の厩舎へ向かう。

厩舎に入ると、クロの姿が目に飛び込んでくる。鋭く澄んだ目つきに、漂う風格。

ヴィオレッタの、大切なパートナー。

「さあ、クロ。挑戦の時間よ。わたくしたちの練習の成果を見せる時がきたわ」

クロに声をかけ、頬を撫でる。

その目が力強くヴィオレッタを見ていた。クロも準備万端のようだった。

「絶対にうまくいくわ。お父様をびっくりさせてあげましょうね」

クロを連れて厩舎から外へ出て、自分で鞍をつける。何度も練習したので慣れたものだった。

オスカーも自分の黒鋼鴉――ブラックサンダーを準備させていた。

すべての段取りを済ませ、父の見守る中、その背に乗る。

「い、いつの間に乗れるように……？」

父が戸惑っている。何もかも計画通り。

だが、プロジェクトが成功するかどうかはここからだ。

「さあ、クロ！　行きましょう！」

父と兄が見守る中、クロが走り出す。

助走の後、クロが力強く地面を蹴った。大きな翼が羽ばたき、地面との繋がりが断たれる。

一瞬、すべての時間が止まるような感覚が駆け抜ける。

身体が浮き、空に浮かび、高く羽ばたき――ヴィオレッタは風となる。

冬の冷たい風が顔に当たる痛みすらも、快感だった。

空と一体となる感覚は何にも代えがたい。

クロはそのまま高く、もっと高くと昇っていく。

――そして、ヴィオレッタは自由になった。

王都の姿が、伯爵家が、遠く、小さくなっていく。外には見渡す限りの大地と空が広がっている。

このままきっと、どこまでもいける。

地の果て――世界の果て、空の向こうまで。

ヴィオレッタの斜め後方には、オスカーの黒鋼鴉が飛んでいた。二人で一緒に空を飛び、オスカーの先導に従って、王都の周りを一飛びして、また屋敷に戻る。

短い飛行を無事に終えて、着地する。

颯爽と鞍から降りると、父は肩を震わせて泣いていた。

「くっ……まだまだ子どもだと思っていたが……ヴィオはもう一人前だったんだな……さすが我が天使……よし、お前のやりたいようにやりなさい」

「ありがとうございます、お父様！」

これで領地を自由に行き来できる。ヴィオレッタは喜びに震えながら、オスカーを見上げた。

「色々とありがとうございます、お兄様」

「僕が教えたんだから当然だな。やるからには、責任をもってやれよ」

「はい、もちろん」

そうしてヴィオレッタは、領地と王都を自由に行き来する許可を得たのだった。


春になり、積もった雪が解けるのを待って、ヴィオレッタはひとりで領地へ飛んだ。

天気は良好。地図もある。方向の目安となる連峰もよく見える。

透き通った清々しい空を飛び、休憩しながら十時間――

昼下がりの空から見る広大な領地には、春の息吹が広がっていた。

新緑の葉に、芽吹く花々。そして、麦を蒔く畑を耕す領民たちの姿。

子どもたちが黒鋼鴉を見つけて手を振っている。ヴィオレッタは手を振り返しながら、領主館へ向かう。

無事に目的地に到着し、クロが庭に降り立つ。

それを合図にしたかのように、屋敷の中から祖母や使用人たちが出てきた。

ヴィオレッタはクロに礼を言って鞍から降り、祖母の元へと駆け寄った。

「おばあ様！　お久しぶりです！」

「よく来たわねぇ、ヴィオちゃん！」

広げられた腕の中に飛び込んで、ぎゅっと祖母を抱きしめる。温かくて、安心する香りだった。

何度も手紙を交わしていたとはいえ、顔を合わせるのは久しぶりだ。感動もひとしおだった。

「菫の妖精ちゃんは、どんな楽しいことをするの？」

「農業の勉強と、米作りですわ！」

「そうなのねぇ。わたくしも応援しますからね」

「ありがとうございます、おばあ様。わたくしがんばりますね！」

そうしてヴィオレッタのレイブンズ領での生活が始まった。父母が心配するので、約一週間ごとに王都と領地を行き来する約束だ。

ヴィオレッタが大人になった時のために、祖母と執政補佐官から領地経営を学ぶという名目になっている。だがそれは、あくまで名目。最初にしたことは稲を育てるための水田作りだった。

「ところでおばあ様、水源近くの土地のことなのですが」

「もちろん覚えているわよ。とてもいい場所があるの。こっちよ」

祖母が用意してくれていたのは、領主館の近くのため池の横の場所だった。既に開墾され、平地となっている。

「わあ、すごい！　本当にここを使っていいんですか？」

「もちろんよ。ヴィオちゃんの好きにしてみなさい」

「ありがとうございます！　おばあ様大好き！」

土地を自由に使う許可をもらえば、いよいよ本格的な稲作がスタートできる。

ヴィオレッタは荷物の中から、発芽中の種籾を取り出す。

「これが稲の種です。これがお米になるんです」

「まあまあ、とても楽しみねぇ。人手もたくさんあるからねぇ。何も心配しなくていいのよ」

こんなに恵まれていていいのかと思ったが、さすがに田んぼづくりはひとりでは大変すぎた。領主館に詰めている兵たちにも手伝ってもらう。

持ち込んだ苗を育てながら、田んぼづくりに勤しむ。

土地を深く耕して、まだ残っていた木の根を抜いて、耕して、耕して、耕して。水路を延ばしてきて、入水口と排水口をつくり、何日もかけて浅池状態にする。

何度も土と水を混ぜて、田んぼの中を平らにしていく。

いい感じに泥が積もって、ようやく準備完了。育った苗を植えた。

青空と白い雲が映る浅い池に、緑の苗が揺れている。

（ああ、これよ、この光景……記憶にある水田の景色！）

立派な水田ができあがり、ヴィオレッタはとても満足した。暇があればずっとその場所を眺めた。

——ただ、これはあくまでも趣味なのだ。

稲作を本格的に広げていくためには、水路を整備しなければならないし、小麦畑を田んぼに変えていかなければならない。それは現実的ではない。

この国では長年小麦が作られてきた。

国民は小麦に馴染んでいる。

米を流通させようとしても、おそらく広まらないだろう。

(だからこれは、あくまで趣味なのよね)

趣味だからこそ採算度外視で楽しめる。

だが、ヴィオレッタは貴族だ。領地を豊かにし、領民を飢えさせない義務がある。国を栄えさえる義務がある。趣味にばかり興じるわけにはいかない。

それにヴィオレッタはこの土地を愛している。

すべての景色を。すべての人々を。

この地に住む人々を守りたいし、幸せにしたい。美味しいものをたくさん食べてもらいたい。

(稲作は趣味で続けて少しずつ拡大していくとして、小麦は大事よね。わたくしもパンやパスタは大好きだし。なんとかして、もっと豊作にできないかしら)

田んぼを見つめながら考えるが、いいアイデアは出てこない。

天啓のように前世知識が降ってきてくれないだろうか——と思って空を仰ぐも、何も思い浮かばない。

「こういう時は、飛ぶに限るわ！」

ヴィオレッタは領主館に戻って騎乗服に着替え、クロに乗って上空から領地を視察しにいった。

悩んだ時は、クロに乗るに限る。

そうすると、視界が開けて、いままで見えなかったものが見えてくる。頭がすっきりして、悩み事が消えていくのだ。

しばらく飛んでいると、クロのスピードが少しずつ落ちてくる。

「クロ、そろそろ休みましょうか」

川のほとりに降り、しばらく休憩することにする。

クロに水を飲ませながら、ヴィオレッタは青々とした小麦畑を眺める。

「ねえ、クロ。なんとかして小麦の収穫量を増やせないかしら」

クロにも意見を求めてみる。

「ふふっ、なんてね」

レイブンズ家の領地は温暖な気候だ。収穫量を増やせるアイデアがあれば、きっともっと増やしていける。収穫量が増えればいいことずくめだ。蓄えができて凶作に備えることができ、蓄えを超えた分は周りに売ることができる。

そうすれば、レイブンズ家はますます豊かになる。

そして、もしも王国全体で大凶作が起きた時に、援助として無償提供が出来たら、レイブンズ家の名声も上がる。

「どうすればもっと収穫量が増えるかしら……できれば簡単に」

そんな方法があれば、とっくに誰かがやっているだろうけれど。ヴィオレッタはいままで何冊も農業関連の本を読んできたが、そこに書かれていることは既に領地でも行われている。

「何かないかしら……う――ん……」

唸っていると、クロが道端に咲く白い花をツンツンとつついていた。

「どうしたの、クロ？　まあ、クローバーだわ」

とても懐かしい気持ちになりながら、クローバーの前にしゃがみ込む。たくさん茂った葉と丸い花が、光を受けてキラキラと輝いていた。

「四つ葉のクローバーとかあるかしら……まあ、あったわ！」

幸運を呼ぶと言われる四つ葉に触れ、摘んだ刹那――

脳裏に絵が浮かぶ。

青い空、白い雲。田んぼに咲くクローバーの花。茂る緑の葉。

(これは――前世で見た光景？　……そうだわ。たしか……休ませている田んぼでは、クローバーやレンゲを植えていたわ)

ヴィオレッタはクローバーを見つめ、立ち上がる。

顔を上げると、青空の下に広がる小麦畑と牧草地が見える。

風を受けると淡く揺れて光り、ヴィオレッタに何かを語りかけているかのようだった。

「…………」

この地では、農地を二つに分けている。片方で小麦をつくり、片方を牧草地にして放牧し、翌年はそれを逆にしている。

つまり二分の一は休ませているのだ。

何故そんなことをするかというと、同じものを作り続けていると、大地に力がなくなってしまい、小麦がうまく育たなくなる。だから大地の力を補充するために、一年おきに休ませている。

――それは、書物で読んだ知識だったか。誰かに教えてもらった知識だったか。

（もっと効率的に大地の力を回復できれば――）

もっと生産性が上がるのではないだろうか。

ヴィオレッタは四つ葉のクローバーを握りしめ、急いで屋敷に戻った。

自分用の部屋に戻り、騎乗服のまま机に紙を広げてヴィオレッタは考える。

紙の上に四つ葉のクローバーを置いて。

（同じものを同じ土地で作り続けると、連作障害が出る）

――連作障害。

この言葉は前世の知識か。ヴィオレッタ・レイブンズとして見聞きした知識か。

連作障害は、とても悩ましいものである。稲作は、一年のうちの半分は田んぼに水を張っているため土の環境が大きく変わるので、連作障害が出ないらしい。

（やっぱりお米は最強だわ。だからつまり、土の環境を変えればいいわけで……だから農地を三つ……いえ、四つに分けて……）

長方形を描き、線を引いて四つに分ける。

（いまの小麦の収穫量を保つためには、小麦は二か所必要よね）

二か所に小麦と書き記す。

（いま休ませている土地にはクローバーを植えて、もう半分にはもっと別の作物を……冬の間の人間と家畜の食料にもなるような）

頭を抱えながら考える。

（うーん……ダイコンとか、カブとか？　ダイコンはこの世界にあったかしら？　カブは似たのがあったはずだわ）

スープでよく食べた覚えがある。

（ジャガイモもいいかもしれないわ。何といっても、とってもおいしいもの。土の下で育つ野菜なら、収穫時に土も耕せるし、いいことずくめよね）

――そうやってヴィオレッタはひとつの計画を完成させた。

農地を四つ――ＡＢＣＤに分ける。四つ葉のクローバーのように。

Ａ農地には小麦を植える。

Ｂ農地にはクローバーを。

Ｃ農地にも小麦を植える。

Ｄ農地はカブかジャガイモを育てる。

収穫から次の種蒔きまで期間が空くようなら、とにかくクローバーの種を蒔いて増やす。

二年目以降は、これらをひとつずつずらしていくことで、休ませる土地をなくす。

「これは、完璧な四輪作よ――！」

何一つ過不足なく、無駄がなく。

計画が成功すれば、間違いなく収穫量が増える。

この地がもっともっと豊かになる。

ヴィオレッタは達成感に包まれながら、自分の完璧な計画表を眺める。見れば見るほど完璧だ。

あまりにも美しくて、ヴィオレッタはうっとりしながらそれを抱きしめた。

（それにしても、この世界は驚くほど日本に似ているわ……）

クローバーがクローバーという名前で、ジャガイモがジャガイモという名前で存在している。まったく別の世界とは思いにくい。

（わたくしの前の転生者たちが名前を付けたのでしょうね）

偉大な先人たちに感謝しながら、ヴィオレッタは計画表を手に祖母の元へ向かった。

計画ができれば、次は実行だ。

（計画、実行、評価、改善！）

まずは実験として狭い範囲から行い、うまく回りそうなら範囲を広げ、問題がありそうなら改善策を探す。

そのためには領主代行である祖母の許可が必要だ。

急いで祖母の部屋に向かうと、そこには祖母ともう一人、思いがけない人物がいた。

「よお、ヴィオ」

「お兄様？　どうしてこちらに？」

そこにいたのは騎乗服姿のオスカーだ。

黒鋼鴉に乗ってやってきたばかりなのだろう。髪が少し乱れている。

ヴィオレッタが一生懸命計画を考えている間に到着したのだろうか。集中していてまったく気づかなかった。

「そろそろ王都に帰ってくる頃だろ？　母上が心配しているから、迎えに来たんだよ。学園もちょうど休みだったしな」

十四歳になるオスカーは今年から貴族学園に通っている。

貴族学園は、男子は中等部から高等部まで六年、女子は高等部だけ三年通う決まりだ。ヴィオレッタが通うのは十五歳からの予定なので、まだまだ先だ。

だがもう、気持ちは一人前だ。

「ちゃんとひとりで帰れますわ。ひとりでここまで来たのですし」

「一応様子も見に来たんだよ。おばあ様に迷惑かけてないかな」

「ヴィオちゃんのおかげで毎日とても楽しいわよ」

祖母が微笑む。

「おばあ様、わたくしもです。毎日とっても充実しています！」

祖母は嬉しそうに頷き、オスカーの方を見る。

「ところで、あなたたちは今年も帰ってこないの？」

「いえ、その、母の体調はかなりよくなったのですが、僕の学校があるので……」

オスカーは気まずそうに言いながら、逃げるようにヴィオレッタの方を見る。

「それでヴィオ、今度は何をする気なんだ？」

「よくぞ聞いてくださいました。――四輪作です！」

「四輪作？」

不思議そうに言葉を繰り返すオスカーの前に、ヴィオレッタは計画表を広げる。

考えと手順を説明すると、祖母も兄も真剣に話を聞いていた。

「これができれば、とっても収穫量が増えると思います。どうでしょうか？」

意見を求めると、オスカーは少し呆然としながら呻いた。

「理にかなってる……これ、本当にお前が考えたのか？」

「え、ええと……」

前世知識があってこそ立てられた計画なので、一人で考えたとは言いにくい。

「わたくしが得てきた知識が、いま爆発したのです！」

「爆発ねぇ……まあいい。これは本当によくできてる。うまくいくかどうかは別だけど……もしもうまくいけば、レイブンズ領はますます豊かになるぞ」

「まずは今年休耕地になっているところを一か所借りて、四つに分けて試してみたいと思います。おばあ様、いいですか？」

「ええ、もちろんよ。ヴィオちゃんの思うようにやってみなさい」

祖母は大地を照らす太陽のように、優しく微笑んでいた。


――そうして、三年後。

ヴィオレッタが十四歳になるころには、領の農地は目覚ましい発展を遂げていた。

まず、小麦の収穫量が大幅に増えた。

更に、ジャガイモやカブで領民の食事が少し豊かになった。

それらの野菜やクローバーを農耕馬と牛に与えることで、ますます元気に働くようになった。

そして、牛乳の品質と生産量も上がった。コクと甘みのあるチーズはいままでより高値で売れるようになった。

飼料が増えたことで家畜の数も増えた。労働力が増えたことにより、ますます効率的に土を耕せるようになった。

そしてクローバーは、もうひとつ恵みをもたらした。

すくすくと育ったクローバーは、春先に白い花を咲かせ始め、初夏には一面に咲くようになる。

視察中にクローバー畑の花の香りにうっとりとしていたヴィオレッタは、ミツバチがたくさん飛んでいることに気づいた。

「……これは、養蜂ができるんじゃないかしら」

こんなにいい香りなのだから、きっと美味しいクローバーハチミツができる。

（商品名は、幸福の四つ葉のクローバーにちなんで、幸福のハチミツとか、四つ葉ハチミツとかがいいかもしれないわ。心がぽかぽかするようなネーミングにしたいわ）

一面の花畑と香りが思い浮かべられるような名前がいい。

特に品質の良いものは黄金ハチミツなどと名前を付けてみよう。

更に高品質のチーズやヨーグルトと併せて売る――いや、むしろそれらを使ったスイーツを開発できれば――

「ああ、どんどんアイデアが溢れてくる！　これは売れる、間違いなく売れるわ！　こうしてはいられないわ！」

ヴィオレッタはすぐさま養蜂に取り組んだ。狙いは当たり、レイブンズ領では品質のいいクローバーハチミツがたくさん採れるようになった。

「これは、とんでもないハチミツができてしまったかも……次は商品化ね。お母様のパティシエにも相談に乗ってもらいましょう」

レイブンズ伯爵家には腕のいいパティシエがいる。

一時期ケーキしか食べられなかった母のために、父がスカウトしてきたパティシエだ。

ヴィオレッタは昔から、彼の作る宝石箱のようなケーキに惚れ込んでいた。

しかし、母がケーキを食べる頻度がかなり減ったことで、彼の仕事も減っていた。いまならば、新しい仕事を頼んでも受けてもらえるかもしれない。

そして、ヴィオレッタが考案し、伯爵家のパティシエと共に開発したケーキ――黄金ハチミツと贅沢チーズの奇跡の出会いで生まれた『しあわせクローバーのハニーチーズケーキ』は、急速に商品化が進んでいった。


「おばあ様、新しい試作品ができたの。今回は、いままでより更にいい出来だと思います。ぜひ食べてみてください」

――領主館の居間。

王都で開発した自信作のレシピが、レイブンズ領の料理人たちの手でも再現できたので、祖母にも試食を頼む。祖母は嬉しそうに顔をほころばせた。

「まあ。それでは、後でお茶の時間にいただきましょう。とても楽しみだわ。ヴィオちゃんは本当、緑の聖女様みたいねぇ」

――緑の聖女。

時々、ヴィオレッタのことをそう話している声を聞く。

悪い気はしないが、なんとなく不思議な響きだ。

「おばあ様、緑の聖女様ってなんですか？」

「世界に時々現れて、農業を大きく発展させてくれる御方よ。ジャガイモを広めたのも緑の聖女様だったわ。豊穣の女神様の御使いとも言われているわねぇ」

なるほど、と思った。その人たちもきっと転生者だろう。自分と同じような人々が、この世界の美食レベルを上げてきてくれたのだろう。

「豊穣の女神様も、きっと美味しいものが大好きなのでしょうね」

この世界の農業と食を発展させるために、女神が異世界から人を招くのかもしれない。

そしてきっと、こっそりと人界に下りてきて、美食を満喫しているのだろう。そう思うとなんだか面白くなってくる。

(わたくしもいつか、本当にそう呼ばれるようになりたいわ)

農業を発展させて、美味しいものを多くの人に届けたい。

そのためにできることはまだまだある。

農業は積み重ねだ。基本的に、同じ作物は一年に一度しか育てられない。成功と失敗を積み重ねて、長い時間をかけてより良いやり方を探求していく。

料理も同じ。より美味しい調理法を探求していく。

そのためには、一秒だってじっとしていられない。

すべては、美食のために。

「それではわたくし、養蜂場の方を見てきますね」

「ええ、気をつけてね、ヴィオちゃん。ちゃんと帽子をかぶっていくのよ」

「はい！」

帽子を被って外に出た時、遠くの空に黒鋼鴉の姿が見えた。

「あれは……ブラックサンダーかしら？　きっとお兄様ね」

急いで庭に向かう。スミレが満開に咲く花壇の前で、黒鋼鴉が降りてくるのを待つ。

次の瞬間、黒い雷のように黒鋼鴉が降り立った。

「出迎えご苦労」

黒鋼鴉の上でオスカーが笑う。

——十七歳になったオスカーは、昔よりずっと背が伸びた。

整った顔立ちと、光沢のある金髪と菫色の瞳は、身内から見ても美形だ。黒鋼鴉と共にいる姿は、とても絵になる。

だが、中身は昔から成長していない。特にヴィオレッタに対しては暴君となる。

「おかえりなさい、お兄様。今日はどうしたんですか？」

「母上とルシアが、お前のチーズケーキをご所望でな。こっちでも進めてるんだろ？」

言いながら鞍から降りる。

「王都のお店に行ってください」

既に王都にも店を用意していて、販売の準備中だ。伯爵家のパティシエはしばらく開店準備に専念していて、無事に店が軌道に乗ったら独立してもらうつもりだ。

本人もそれを希望しているし、父と母も了承している。きっと大人気店になるだろう。

そちらに行けば試作品をすぐに貰えるだろうに、わざわざレイブンズ領まで来るなんて。

「まあそう言うなって」

オスカーは笑っている。

（わたくしの様子を見に来たとか？　まさかね）

きっと、気分転換のついでだろう。

「冗談です。お兄様が帰るまでに用意しておきますね。他の試作品もつけますので、感想を聞いておいてください」

とはいえ、黒鋼鴉は重い荷物は運べないので、できるだけ軽くまとめてもらわないといけない。

それでなくてもオスカーが成長したことで、積める荷物の量がずっと少なくなっているのだ。

「上から見たけど、今年の畑もいい出来だな。よく頑張ったな、ヴィオ。税収も上がって父上も大喜びだぞ」

「それはよかったです」

「お前は本当、すごいやつだよ。レイブンズの宝だ」

「まあ、ありがとうございます」

兄に褒められるのは特別嬉しい。

父に喜んでもらえているのも嬉しい。

母と妹が、ヴィオレッタが開発したものを気に入ってくれているのも嬉しい。

土地が豊かになっているのも、すごく、嬉しい。

領地で農業に関わるようになってから嬉しいことばかりだ。

（やっぱり、わたくしにはこの生き方が向いているみたい）

ずっとこうして暮らしていきたい。

「それはそれとして、お前も少しは年頃のレディらしいことをしたらどうだ？　もう十四だし、来年からは学園に通うんだから」

「どういう意味ですか？」

ヴィオレッタは首を傾げる。

「化粧とか、ドレスとか宝石とか、少しくらい気を遣ったらどうだ」

「ドレスは農作業に邪魔ですもの。宝石はキラキラしてるからクロが喜んでくれるでしょうけれど」

「クロを喜ばせてどうする。このままじゃ、嫁の貰い手がなくなるぞ」

「そうしたら、ずっとこの家にいますわ」

その方が幸せそうだ。

というより、誰かに嫁入りすることの方が現実感がない。

「ばか。ったく……少しはルシアを見習え」

妹のルシアを引き合いに出してくる。

「ルシアは会うたびに綺麗になりますよね。きっといい縁談がたくさんくるでしょう」

妹は誰からも愛される雰囲気を持っている。年齢を重ねるごとに美人になっていく。

「あいつは少し甘えたところがあるからな……」

オスカーが困ったような表情で、ため息交じりに言う。その姿は父にそっくりだ。

「お前もそのうち適当な相手が見つかるだろうから、本性知られる前にさっさと婚約しろよ」

「中身を知ったら去っていくような御方はこちらからお断りです」

「どういう相手ならいいんだ？」

「わたくしを自由にさせてくれる御方です」

この三年でヴィオレッタの稲作もちょっとしたものになっていた。

水田で安定して米が収穫できるようになったので、ヴィオレッタはもう何も我慢せずに米を食べられるようになった。

精米も水車を使ってできるようになったので、かなり白米に近づいた。

嫁ぐなら、稲作を続けさせてくれる人のところがいい。

水田をつくるのを許してくれるか、もしくは稲作のために定期的にレイブンズ領に帰ることを許してくれる人がいい。

更に言うなら、領地の農業に関わらせてくれる人がいい。

「そんな都合のいい相手がいるかな」

「夢を見るくらい、いいでしょう？」

ヴィオレッタも貴族の娘だ。

いずれは結婚しなければならないと覚悟している。

だが、夢くらいは見たい。

そして夢を言い続けていたら、そんな相手を父が選んでくれるかもしれない。

「それでは、わたくしは養蜂の様子を見てきますから、また後で。ゆっくり休んでくださいね」

「行くならクロと行けよ」

「すぐそこですよ」

「それでもだ。あいつはどんな護衛より心強いしな」

それもそうだと納得し、ヴィオレッタはクロに乗って近くの養蜂場へ向かった。


クローバーは領主館のすぐ近くから広がっている。

春の微風で緑の絨毯が揺れて、白い花がのんびりと踊っている。豊潤な香りがヴィオレッタの鼻腔をくすぐる。

周囲には忙しく飛び交うミツバチたちの姿がある。小さな彼らはとても働き者で、花から花へと移動して蜜を集めている。

ここのミツバチは温和で、こちらから驚かせない限りは滅多に刺してこない。しかも蜜を集める量が豊富という、養蜂に向いた品種だ。

近くには養蜂を任せている農夫がいた。顔を網で覆った蜂よけの帽子をかぶり、手には革手袋を嵌めて、木製の巣箱の様子を見ている。

滅多に刺してこないと言えども、刺されると痛い。作業をする人間には万全の防御態勢が必要だ。

持ち上げられた枠の中には、黄金色のハチミツがたっぷり詰まっている。

それを見て、ヴィオレッタは思わず笑みを浮かべた。

（ああ……なんて素晴らしい出来。これからもっと採れる量を増やして、販売ルートを広げてみたいわね……）

――ハニーチーズケーキの販売が最優先だが、レイブンズ領の農作物のブランド力を高めることも必要だ。

ブランド力があれば、高値で販売することができる。

（広く流通させるには、やっぱり流通のプロの力が必要よね）

信頼できる商会の力が必要になってくる。

（お父様に相談してみようかしら）

農夫がヴィオレッタに気づき、手を振ってくる。ヴィオレッタも笑顔で手を振った。

その時、視界の端を馬車が通る。

クローバー畑の間を進む頑丈そうな馬車には、紅い髪をなびかせる大人の女性と、頭から布をかぶった小柄な御者が乗っていた。

どちらも、見覚えのない顔だ。

（お客様かしら）

馬車が近くまでやってくると、大人の女性が颯爽と馬車から降りる。女性は興味深そうに養蜂の様子を眺め、そしてヴィオレッタに微笑んだ。

御者の少年が馬車を止め、ヴィオレッタを指差す。

「おい、そこのお前。ちょっとこっちに来い」

次の瞬間、少年の頭に女性の拳が落ちる。

ヴィオレッタが驚いていると、赤髪の女性は優雅に宮廷式の礼をした。

「大変失礼しました。私はマグノリア商会のベティ・マグノリアです。この地のハチミツが、とても出来がいいと聞き及びまして。ぜひ私共に取り扱いさせていただきたく、参った次第です」

ルビーのような力強い瞳が、とても印象的だった。

ヴィオレッタは内心大興奮だった。

(——商会が向こうからやってきたわ！)

何という幸運。

興奮を表に出さないように、ヴィオレッタは礼儀正しく振る舞った。

「まあ、遠いところをありがとうございます。では、ぜひ採れたてを食べてみてください」

養蜂箱へ向かう途中、後ろから小声が聞こえる。

「……お前も商人の端くれなら、相手をしっかりと見なさい。あの髪にあの肌の輝き、顔立ちに作業服の生地、全部超一流の品よ。何よりあの黒鋼鴉、あんなに懐かせられるのは、レイブンズ家の直系だけよ」

説教している。

ヴィオレッタは聞こえていないふりをした。

(なんだか愉快な人たちだわ。でも、見る目はあるし、やり手っぽいし、期待できるわ！)

ミツバチが飛び交う中、養蜂箱にまで到着する。農夫に頼んでハチミツを取り出してもらう。

「どうぞ。こちらがレイブンズ領の、幸福のクローバーのハチミツです」

ヴィオレッタは、木枠から溢れていまにも零れそうな蜜を指ですくい、舐める。

（――ああ、やっぱり美味しい。これは黄金級ね）

マグノリアはとても興味深そうに、少年は少し警戒しつつも、同じようにして食べた。

そして、表情が変わる。

「こ、これは、素晴らしい……透明感のある花の香と、奥深い甘さ……詳しいお話をさせていただけますか？」

「ええ、もちろん。近くに領主館がありますので、そちらへどうぞ。ご案内しますわ」

ヴィオレッタはクロに乗って先導するように進む。

馬車でマグノリアと少年がついてくる。

「黒鋼鴉をよく手懐けられているのですね」

「ふふ、クロは大切なパートナーです。とてもおりこうですし、強いんですよ」

――クロが戦ったりしているところは見たことがないけれど、きっと。

領主館に到着したヴィオレッタは、先に中に入って使用人に話をして、客人を応接間に案内してもらうようにした。

その間に祖母とオスカーに事情を説明する。

「――ということですので、おばあ様に商談をお任せしてもいいですか？」

「ええ、もちろんよ。オスカーも同席しなさい」

「はい」

「そうそう――ヴィオちゃん、どうせなら新しいケーキは、皆でいただきましょう。感想はたくさん聞けた方がいいでしょう?」

「はい、おばあ様」

あのチーズケーキを食べてもらえば、きっともっとびっくりしてもらえるだろう。

「ヴィオ、ちゃんと着替えをしておけよ」

「もちろんです、お兄様」

ヴィオレッタは胸をときめかせながら、試作品のハニーチーズケーキと紅茶を手配する。

白いチーズにたっぷりのクローバーハチミツが載ったケーキを食べれば、誰もがたちまち虜になるだろう。商談もきっと弾むはずだ。

手配が終わると自室に行き、来客用のドレスに着替える。

見た目、というのはとても大切だ。

大切なお客様には正装で接するのが礼儀というもの。

礼を欠いた振る舞いをすれば、侮られるし足元を見られる。まとまる話もまとまらない。

「うん、完璧ね。ありがとう」

着替えさせてくれたメイドに礼を言って、部屋を出る。

そのまままっすぐ応接間に行こうとして、ヴィオレッタは足を止めた。

廊下にあの少年が一人で立って、外を見ていた。

室内だというのに、頭の布は被ったままだ。わずかに見える口元は何かに耐えているかのように力がこもっていた。

(どうしたのかしら？　迷子？)

きっと馬車に忘れ物を取りに戻って、迷ったのだろう。

しかし――様子がおかしい。ヴィオレッタの気配に気づいているはずなのに、窓の外ばかり見ていて、顔を上げようともしない。しかも、怒っているような、苦しんでいるような――こちらまで息が詰まりそうな雰囲気が漂っていた。

(――もしかして、お兄様にいじわるされたのかしら？)

布を取らず、顔を見せないことについて、何か言われたのだろうか。

確かに、室内で顔を隠すのはマナー違反だ。

祖母も兄も、マナーには厳しい。

もちろん少年もマナー違反はわかっているはずだ。やむを得ない理由があるのだろうが。

(――いいえ、事情があるなら貫いているはずよ)

自分を貫く意思も、相手によって態度を変える柔軟さもないのなら。

(とっても中途半端だわ)

ヴィオレッタはゆっくりと少年に近づく。

「ねえ、どうしてあなたは顔を隠しているの？」

少年は一瞬だけヴィオレッタの方へ顔を向けようとして、目を逸らす。

「お前には――あなたには、関係ないでしょう」

「関係あるわ。わたくし、あなたと仲良くなりたいの。顔を覚えたいの。ねえ、見せて」

じっと見上げながら、にっこり笑う。

ヴィオレッタは是非マグノリア商会と仲良くなりたい。会長とも、この少年とも。

少年は渋々と頭の布を取った。そこから零れ落ちたのは、やや癖のある黒髪と、小麦色の肌。ヴィオレッタよりも少し濃い琥珀色の瞳に、彫りの深い整った顔立ち。一目で、異国の血が混ざっているとわかる。

「まあ。とてもステキね」

心から褒めると、少年はとても居心地悪そうな顔をして、すぐにまた隠そうとする。

「ダメよ。隠すのはもったいないわ」

「隠した方がいいんですよ。こんな、異国人みたいな見た目」

どうやら、自分の見た目が好きではないらしい。

「そんなに格好いいのに？」

「――あなたの趣味が特殊なだけです」

「いいえ。すべては見せ方よ」

「見せ方？　他にどんな見せ方があるって言うんですか」

呆れたように言う。

「あなたが格好いいのは間違いないわ。この国では見慣れない姿だから、最初は相手もびっくりするかもね。でも、それってすごいことじゃない？　すぐに顔を覚えてもらえるもの。わたくしももう、あなたのことを忘れないわ」

顔を覚えてもらいやすく、忘れられにくいというのは、商人にとって大きなメリットだ。

「それでマナーとか身なりとか言葉遣いとかが洗練されていたら、すっごく好印象を持ってもらえると思うの。上流階級でも一目置かれると思うわ」

ヴィオレッタの勢いに圧されるように、少年は半歩後ろに下がりかける。しかしそこで踏みとどまり、逆に半歩前に出てきた。

「貴族みたいになれって言うのか？　……言うんですか？」

「立ち居振る舞いって、なっていないととても目立つの。でも、完璧だと信頼してもらえるのよ」

少年の瞳を覗き込む。戸惑いの奥に、変わりたいという意思が見える。

だから、目を逸らさない。

「あなた、商人なのでしょう？　だったら、自分を一番の商品にしないとね。それも超超超一流の」

「そんな風になれると思う……んですか」

戸惑うように視線を彷徨《さまよ》わせる。

ヴィオレッタは大きく頷いた。

「思うわ。わたくしの勘って、いつも大当たりなの！」

「大当たりって……」

少年は唖然とし、そして笑った。

「どれだけ自信家なんですか」

「だって、本当のことだもの」

ヴィオレッタは胸を張って言う。

「あなたが一流になったとき、ぜひわたくしとも取引してね。超一流の品を用意しているから」

「……超超超一流の品を待ってますよ」

少しぎこちなく笑い、挑むような言い方をしてくる。その顔を見て、ヴィオレッタはやはり自分の勘は間違っていないと思った。

「ええ、頑張るわ。わたくしはヴィオレッタ・レイブンズ。あなたの名前を教えて」

「マグノリア商会のディーンです。どうぞ末永くお願いします」

「ディーンね、覚えたわ。未来の大商人さん」

そうしている内に、茶会の準備ができたらしい。

メイドたちが紅茶とケーキを運んでくるのが見える。

「お茶の用意ができたわ。あなたも感想を聞かせて。きっと、すっごくびっくりするんだから」

応接間に入り、ディーンをマグノリアの隣に座らせる。布を取って背筋を伸ばしたディーンにマグノリアは一瞬驚いた顔をしていたが、すぐに感心したような笑みを浮かべた。

「部下がご迷惑をおかけしました」

「構いませんわ。わたくしも楽しかったから」

ヴィオレッタは、自信満々の笑みを浮かべて、全員の前に立つ。

「――さて、それではご紹介します。こちらが、レイブンズ領のチーズとクローバーハチミツをたっぷり使った、『しあわせクローバーのハニーチーズケーキ』です。王都でも間もなく発売される商品を、一足先にご賞味くださいね」

白く濃厚なチーズの上に、輝くハチミツがたっぷりかかったハニーチーズケーキ。

それが丁寧に切り分けられて、それぞれに配られる。

「なんて美しい……それにしても、不思議な名前ですね」

マグノリアが少し驚いたように言う。

この国の商品の名前は、もっとシンプルだ。余計な言葉は使わず端的にわかりやすく。

よく言えば洗練されているが、それでは目立たない。目立たなければ気づいてもらえない。

名前ひとつで関心が引けるなら、こんな素晴らしいことはない。

「はい。普通クローバーは三つ葉ですが、時折、四つ葉のものが交ざっているんです。それを見つけられるのはとても幸運な人ですから、四つ葉のクローバーは幸福のクローバーと呼ばれています。それにちなんで名前を付けました」

「なるほど。とても興味深い演出です。あなたが考案されたのですか？」

「はい、そうです。さあ、どうぞ召し上がってください。きっと名前にも納得していただけますわ」

ヴィオレッタが促すと、皆がケーキをフォークで一口大に切り分け、口に運ぶ。

その瞬間、それぞれの表情が変わった。

祖母もオスカーも、執政補佐官も、マグノリアもディーンも。

ハチミツとチーズの香りに、口どけの滑らかさに、甘さと酸味に。そのすべてに。

純粋な驚きと喜び――幸福な衝撃を感じて、わずかに目を見開き、一瞬息を止め、そして再びすべてを味わう。

ヴィオレッタはその顔を見るのが大好きだ。

美食が人々に幸せをもたらす瞬間が。

自分で美味しいものを食べるのはもちろん幸せだ。

だが、他の人々が同じ喜びを感じているのを見ると、胸があたたかく満たされる。

こんな喜び、他にない。

マグノリアが感極まったように目を細めた。

「これは、本当に……幸せな気持ちになれますね……正直、噂以上です。是非、私たちにも幸せを広めるお手伝いをさせてください」

「まあ、決断が早いのですね。本当によろしいのですか？」

「仕事は疾風隼《ゲイルファルコ》よりも疾く――商人の格言です」

のんびりしていてはチャンスを逃す、という意味だろう。

「確かにそうですね」

――そうして、マグノリア商会との商談は無事纏まった。

その後、商会の協力もあって、クローバーハチミツのみならず、レイブンズ領の乳製品の質の高さと商品が国中に広まっていく。

ハニーチーズケーキも、無事に王都で大人気になった。売上の一部はロイヤリティとしてヴィオレッタに入る契約なので、ヴィオレッタの個人資産もどんどん増えていった。

そうして、ヴィオレッタとマグノリア商会は、長く取引を続ける間柄になっていく。

第二章　伯爵令嬢の学園生活

十五歳になったヴィオレッタは、予定通り王立貴族学園に入学した。

この国の十三歳以上の貴族は、男性は六年、女性は三年、学園に在籍することになっている。通う年数は、それより長くてもいいし、やむを得ない理由があれば早期の卒業が認められる。

「農業に集中したいので、一年で卒業したいのですが」

学園に向かう馬車で、ヴィオレッタは正面に座る兄オスカーに相談してみる。

「ばか。認められるわけないだろ」

「どうすれば卒業を認められるんですか？」

「急に爵位を継ぐことになったり、すぐに結婚する必要があったりとかだな。婚約もしていないお前は絶対無理」

「むう……」

ヴィオレッタは唸りながら窓の外を眺める。

馬車は整備された石畳を走っていく。いつものルートを、いつもの速度で。

このまま三年間も同じルートを通うことになると思うと、少し気が重くなる。

「いいから友達作りと、結婚相手探しを頑張ってこい。学園はコネ作りの場だぞ」

「友達なら……います」

——友達と呼んでいいものかわからないが。

彼女たちの興味はヴィオレッタにではなく、兄のオスカーに注がれているのだから。

——入学して一か月。ヴィオレッタは同級生や上級生からよく話しかけられた。昼食や放課後にも誘いを受けるようになった。

そして、女子生徒たちの会話から知った。兄が学園でこっそりと「光輝の君」と呼ばれていることを。

それを聞いた時、ヴィオレッタは飲んでいた紅茶を零しそうになった。

兄に憧れる女子生徒たちは多い。菫色の瞳と、光り輝く金髪。美しい顔立ちと紳士的な振る舞い。そして時折見せる愁いを帯びた表情に、心を奪われているらしい。

——それを知った時、ヴィオレッタは戦慄した。

皆、知らないのだ。この兄がどれだけ意地悪な暴君なのか。

愁いを帯びた表情の正体は、ただ腹が減っているだけだということを。

(外見がいいって得だわ)

黙ってぼんやりしているだけでも、何か物憂げに考えているように見えるのだから。

(将を射んと欲すれば先ず馬を射よ——これも、日本の言葉だったかしら)

ヴィオレッタは馬である。令嬢たちの狙いはオスカー。

オスカーは次期伯爵で、恋人も婚約者もいないから、人気があるのはわからなくはないのだが。複雑な気分だ。

「へえ。やっと友達ができたか。家に呼んだらどうだ?」

狙われているのを知ってか知らずか、嬉しそうに身を乗り出してくる。

「もう少し仲良くなったら考えます」

家に呼んだら彼女たちは喜ぶだろう。だが、その気になれない。

「お兄様こそ、そろそろ結婚相手は見つかりそうですか?」

問うとびっくりしたように身体を後ろに引く。

「何だ、いきなり。僕は慎重派なんだよ」

――それはよいことだ、とヴィオレッタは思った。

たくさんガールフレンドをつくられたら、なんだか微妙な気持ちになるだろうから。

でもそうなると、少しだけ困ったことがある。

「そろそろ手紙の返事は書かれましたか?」

「…………」

オスカーは黙り、気まずそうに視線を逸らす。

「ちゃんと返事を出していただかないと、わたくしがちゃんと届けたのかと疑われてしまいます」

ヴィオレッタは上級生からオスカー宛のラブレターをよく預かる。入学して一月で、いったい何通預かっただろう。そしてそれにオスカーが返事を出している気配はない。

「わかったわかった。そのうち書く」

適当にあしらわれる。この分だとまだ当分返事を出しそうにない。

（外見がいいのも大変ね）

勝手に恋情と期待を寄せられてしまうのだから。

（わたくしは平和に過ごしましょう）

波風を立てず、平和に。

「お前こそ、王子殿下のこととかはどう思ってるんだ？」

「まあ。お兄様ったら、面白いご冗談ですね」

王国の第一王子は、兄と同い年だ。もちろん学園にも在籍している。

貴族たちは、第一王子と自分の子どもたちを同時期に学園に通わせようと画策していたようで、同年代に生まれた貴族の子は多い。

そしてどの親も王子が在籍している期間を狙って入学させようとしていたので、定員オーバーになって入学タイミングがずれてしまった令息令嬢も多い。

かくいうヴィオレッタも、本来はもっと早く入学する予定だったらしい。

だが、厳正なる抽選に外れてしまった。

「王子殿下にはとってても美しい婚約者がいらっしゃいますもの。わたくしなど、とてもとても」

――第一王子の婚約者である公爵令嬢アイリーゼは、気品があり、人当たりがよく、成績もよく、そして抜群に美しい。まるで誇り高き白薔薇の姫だ。

「お前がアイリーゼ嬢に逆立ちしても敵わないのはわかってる」

自分で話題を振っておいて、真顔で言ってくる。

——オスカーも本気で言ったわけではない。身の程を弁《わきま》えておけ、という忠告だろう。ヴィオレッタも、自分が王子妃なんて務まらないとわかっている。

(問題はお父様よね)

父は朝食の席でそれとなく第一王子の話をしてくる。オスカーやヴィオレッタをお近づきにさせたいらしい。

正直言って、困る。期待されるようなものは何もない。

「同学年でいい感じのやつはいないのか?」

「いまはカメリア女史の指導を受けないようにするのが精一杯でして」

「なんだ。女史にさっそく目を付けられてるのか」

教師のひとりであるカメリア女史は、礼儀作法に厳しく、紳士とは、レディとはかくあるべきものとの指導に余念がない。

「目立つ兄がいるものでして。お兄様が女史を色々と困らせたのではないですか?」

オスカーは心当たりがあるのか、口を閉ざして馬車の外に視線を向ける。

ようやく静かになったところで、ヴィオレッタは領地に思いを馳せる。

——長期休暇に入れば領地に行って、思う存分に農作業をしよう。

今年の稲もきっといい出来上がりになる。

若葉が揺れるあの光景を、早く見たい。

学園では、女子生徒は座学と家政とマナーの勉強が中心だ。座学は男子学生と一緒に学ぶ授業も多く、その時は教室が特に賑やかになる。

歴史学の授業を聞きながら、ヴィオレッタはぼんやりと教室の窓から外を見る。

（ああ……身体がなまってしまいそう。男子は騎士訓練の時間も多いのよね。羨ましいわ）

授業が終わってようやく待望の昼休みが訪れる。

ヴィオレッタはすぐに片づけをして席を立つ。廊下に出たところで、背後から声がかかった。

「ヴィオレッタくん、これ落としたよ」

振り返った先にいたのは、同級生の子爵子息、フェリクス・シャドウメアだった。

夜のような黒髪と瞳が印象的で、物腰が柔らかな男子生徒だ。歴史学の授業で隣の席なこともあり、少し親しくなっていた。

「まあ、フェリクス様、ありがとうございます」

ヴィオレッタは礼を言って、差し出されていたハンカチーフを受け取る。

だが、フェリクスは去る素振りを見せない。どうやらまだヴィオレッタに用事があるようだ。

「どうかなさいました？」

「ヴィオレッタくんは、チーズケーキは好きかな」

「はい、大好きです」

笑顔で答える。もちろん大好きだ。

「じゃあ、ミエル・ヴィオレって知っているかい？　いい席が取れたんだけど、次の休みに一緒にどうかな」

もちろん知っている。

ミエル・ヴィオレは、ヴィオレッタがハニーチーズケーキを販売しているカフェなのだから。

店内は高級志向だが、市民もちょっと気合いを入れたら入店できるような店だ。そして、ＶＩＰルーム——貴族向けの完全予約制の個室も完備している。

ヴィオレッタは陰の経営者として出資しながら、店のコンセプトから新メニュー開発、内装にもアイデアを出している。

ヴィオレッタが経営に関わっていることは、一部の人間しか知らない。店員のほとんども知らないので、ヴィオレッタが客として行っても気づかれることはほぼないだろう。

（そうね……普通にお客として行ってみるのも、いい調査になるかもしれないわね）

客目線で店の雰囲気や店員の様子を見てみるのも、きっといい経験になる。

——だが、どうせなら。

別の繁盛店の偵察もしてみたいし、クロと一緒に遊ぶのも大切なことだし、庭の植物たちの世話するのも、まとまった資料を読むのも大切なことだ。

なので。

「お誘いありがとうございます。わたくしは最近少し忙しいので、別の御方とどうぞ。また感想を聞かせてくださいね。それでは失礼します」

同級生がどんな感想を持つのか楽しみにしながら、ヴィオレッタは一人で中庭に向かった。

学園の庭園は手入れが行き届いていて、優雅な時間を過ごしている生徒たちが多くいる。楽しそうな笑い声が、あちこちから穏やかに響いていた。

ヴィオレッタは休める場所を探して、賑わいから少し離れた方へ向かう。静かな木陰に白いベンチを見つけて、ここしかないと思って座った。

(今日はスペシャルなお弁当なのよね)

食堂で賑やかに食べる食事もいいが、今日はひとりで静かに楽しみたい。

膝上にランチボックスを載せ、開こうとした刹那――

「なんですかぁ、こんなところに呼び出すなんて」

「――貴女にひとつ言っておきたいことがありますの」

挑発的な声と、威圧的な声。どちらも女子生徒のものと思われる。

そしてどちらも言葉の端々にまで攻撃的なものが含まれていた。

(何かしら……ものすごく、険悪な空気だわ……)

ヴィオレッタはランチボックスを持ってベンチを立ち、木陰に隠れながらこっそりと覗き見る。

そして目を見張る。

そこにいたのは、第一王子の婚約者である公爵令嬢のアイリーゼと、男爵令嬢レイチェルだった。

アイリーゼは、気品と優雅さに満ちた美しい女性——高潔で、公正で、淑女の中の淑女だ。

レイチェルは、一言でいえば天真爛漫。可愛らしい顔立ちで、いつも元気いっぱいで目立つタイプ。入学直後から色んな男性と親しくなっている。特に、家柄が良くて、将来爵位を継ぐことがほぼ決まっていて、顔が良くて華があり、将来有望な男子生徒たちと。

そのため女子生徒の中では少々浮いていて、カメリア女史にもよく注意されている。

そんなレイチェルとアイリーゼが、険悪な雰囲気で向かい合っている。

ただ事ではない空気だった。まるで戦場のような緊張感。

アイリーゼが——いつも淑やかな完璧令嬢が、鋭い眼差しでレイチェルを睨んだ。

「レイチェルさんの、誰とでも仲良くする姿勢は結構なことですわ。ですが、婚約者のいる男性に、必要以上に接触するのは大問題です」

——そう。レイチェルが特に仲が良い男子生徒たちは、ほとんどが婚約者か恋人がいる。家柄がよく、家を継ぐことが決まっていて、顔までいいのだから、当然と言えば当然だ。

レイチェルはくすりと笑う。

「わざわざ呼び出して、そんなお話ですか？　それに、必要以上に接触って……具体的にはどういうことですかぁ？」

「長時間話し込んだり、触れたり、腕を組んだりすることです」

アイリーゼの話し方は落ち着いていたが、苛立ちが滲んでいた。かなり怒っている。

「えぇー？　それくらいのことで？」

レイチェルは明らかに挑発的だった。

二人とも、完全に戦う姿勢だ。

(これは……修羅場！)

――平和主義のヴィオレッタとしては、できるだけ争いごとには関わりたくない。

だが、目が離せない。

「それくらいとはなんですか。貴女の行動のせいで、傷ついている女子生徒たちがいるのですよ。男性たちも迷惑しているのです」

「迷惑？　ふふ、王子様は笑って許してくださっていますよぉ」

アイリーゼの表情が固まり。

――何かがブチ切れる音がした。

「ああー！　おふたりとも！　奇遇ですね!!」

ヴィオレッタが大きく声を上げながら木陰から飛び出すと、いままさに振り上げた手を相手の頬に下ろそうとしていたアイリーゼがぴたりと止まる。

「あ、あら、ヴィオレッタさん……どうなされたのですか？」

とても気まずそうに、アイリーゼが静かに腕を下ろす。

「あっ、いえ、わたくしはただ、お弁当を食べる場所を探していたら、おふたりの姿が見えたので」

「……どのあたりから、聞いていらっしゃいました？」

「アイリーゼ様が、レイチェルさんに言っておきたいことがありますと仰られたところから……」

「……最初から、ということですのね……」

――沈黙が。

気まずい沈黙が続く。

（ど、どうしたらいいのかしら、この状況。一緒にお昼をしませんかって誘うところ？）

ヴィオレッタが必死に次の行動を考えている中、いつの間にかレイチェルがヴィオレッタのすぐ近くに来ていた。

「レ、レイチェルさん？」

「ねえ、この香り、お米……？」

興奮を帯びた眼差しが、ヴィオレッタのランチボックスに注がれている。

「ねえこの中、もしかして、お米が入ってる？」

「まあ！　お米を知っているのですか？」

ヴィオレッタは驚いた。

米の存在を知っているなんて。しかも存在だけではなく、匂いまで知っているなんて。

ヴィオレッタはいそいそとランチボックスを開く。

蓋を開けると、炊いた米のほんのりとした甘い香りが漂う。

ランチボックスの中には、おにぎり――炊いた米を塩で握ったものと、彩り鮮やかなおかずが並んでいた。

レイチェルは、それを見るなり更に興奮し始める。目が爛々と輝き、息が乱れる。いまにも飛びかかってきそうな迫力だった。

「よろしければ、おひとつどうぞ」

ヴィオレッタがランチボックスを差し出すと、レイチェルは震える手で、おにぎりを一つ手に取った。そして、おずおずと口に入れ、ゆっくりと食べる。

——ぶわっと、レイチェルの目から涙が溢れ出た。

「お米……本物のお米だぁ……」

その涙には、ずっと追い求めていた愛を見つけたような、探し続けてきた希望をようやく手にしたような——深い深い感動が滲んでいた。

「またお米が食べられるなんてぇ……」

ぽろぽろ涙を零しながら、一生懸命おにぎりを食べていく。

「……ヴィオレッタさん、その穀物はいったい……？」

依存性の強い薬物でも混入させているのだろうか——とでも疑っていそうな表情で、アイリーゼがヴィオレッタを見る。

「普通の。普通の米です。領地で試験的に育てているんです」

普通を強調して言う。怪しいものは何も入っていない。

「米……そんなに凄いものなのかしら」

アイリーゼが感心している間に、レイチェルがおにぎりを食べ終わる。

すぅ――っと深呼吸をし、ヴィオレッタを見つめる。

「――ヴィオレッタさん……いえ、ヴィオレッタ様」

「はいぃ？」

「お米をあたしに分けてください！　なんでもするから！」

「な、なんでもって、大げさです」

「なんでもします!!」

レイチェルは真剣そのものだ。ものすごい情熱と切迫感だった。

（――似ている）

転生者であることを思い出して、米が食べたくて仕方がなかった時のヴィオレッタと。米を探し続けていた時のヴィオレッタと。

だから、その気持ちは痛いほどわかった。

「ええと、それでは……わたくしとお友達になってくださいますか？」

「なる！　なるなる！　ヴィオレッタ様！」

「お友達なのですから、ヴィオと呼んでください」

「はい、ヴィオ！」

「お米は、自分用にしか栽培していないので、あまり量がないのですが……少しでしたらお分けできます。レイチェルさんの家に届けさせていただきますね」

「ありがとうございます！」

「それから──」

ヴィオレッタはアイリーゼを見る。

「アイリーゼ様も、わたくしの大切な友人です。アイリーゼ様とも仲良くしてくださいね」

「もちろん！」

再び元気のいい返事が響く。

これで、アイリーゼや他の女子生徒たちを傷つけるような行為はしないだろう。

ヴィオレッタはほっと胸を撫で下ろしかけて、ぴたりと硬直した。

（名前を知っているくらいなのに、アイリーゼ様をお友達と言ってしまったわ）

不快に感じていないだろうか。

恐る恐るアイリーゼの方を見てみると、アイリーゼは柔らかな笑みを浮かべていた。まるで咲いたばかりの白薔薇のような美しさだった。

「ヴィオレッタさんって、すごいのね」

──怒っていない。

なんという物腰の柔らかさと懐の広さだろう。

ヴィオレッタはすっかり見惚れてしまった。

（さすが未来の王太子妃……なんて素敵な方なのかしら）


──次の日。

家に届いた一通の手紙が、レイブンズ家を揺るがした。

「リーヴァンテ公爵家から、ヴィオに手紙が!?」

夕食後、家族全員が集まった居間で父が驚きの声を上げる。

「落ち着いてください、お父様」

ヴィオレッタはまだ封を切っていない手紙を見つめる。差出人はアイリーゼだった。

「ヴィオ、早く中身を確認するんだ！」

「静かにしてください、お兄様」

ペーパーナイフで丁寧に封を開け、中の手紙を読んでいく。

「……アイリーゼ様から、お茶会のお誘いです。次のお休みにどうかって」

父と兄が無言で床に膝を突き、天を仰ぐ。

大げさすぎる、とヴィオレッタは思った。

「お姉様、すごーい」

ルシアも瞳をきらきら輝かせてヴィオレッタを見ていた。

「どうしましょう……」

「迷う必要があるか！」

「そうだぞ、我が天使！　何せ相手は未来の王太子妃。ここでしっかり縁を結んでだな」

――妹を王子妃にしようと考えていたこともある父が、興奮しながら言う。

父は権力に弱い。とても。

「あなた、オスカー、落ち着いてください」

母が、ふたりを静かにたしなめる。

「ヴィオちゃんはどうしたいの？」

「わ……わたくしが、いいのでしょうか？」

公爵家のお茶会に招待されるなんて、とても栄誉なことだ。

「大丈夫。ヴィオちゃんはマナーも完璧だし、新しいドレスもあったでしょう？　あれは清楚な雰囲気で、昼のお茶会にはぴったりよ。お友達と楽しんでいらっしゃい」

——お友達。

「そうですね……」

勝手にお友達と言ったヴィオレッタのことを、アイリーゼは笑って受け入れてくれた。

その彼女がせっかく誘ってくれたのだ。

堅苦しく考えず、午後の時間を楽しもう——

そう考えて、ヴィオレッタは返事を書こうと決めた。

「ヴィオ、絶対に粗相はするなよ。農作業の話をするなとは言わないが、そればかり話したりするなよ」

「超一流の商人と職人たちを呼んで、最高の装いにしよう。忙しくなるな」

「お父様、お兄様、静かにしていてください」

――そして、約束の日。

外出用のドレスを着たヴィオレッタは、リーヴァンテ公爵家の屋敷の前にいた。

「いらっしゃい、ヴィオレッタさん」

「アイリーゼ様、本日はお招きありがとうございます。こちら、お口に合うと良いのですが――」

ヴィオレッタは緊張しながらアイリーゼに一礼し、手土産を渡す。

「まあ、ありがとう。今日はお天気もいいし、テラスに行きましょう。バラがとても綺麗に咲いていますのよ」

そう言われて、アイリーゼ直々に邸《やしき》を案内される。

庭園は完璧な手入れがされていて、大輪のバラたちが鮮やかに咲き誇っていた。

白い大理石で作られたテラスでは、最高級のティーセットが用意されている。

レイブンズ家も裕福な家だと思うが、リーヴァンテ公爵家は格が違った。何もかもが超一流だ。

(――どうして)

席に座り、白い陶磁に描かれたバラを見つめながら、ヴィオレッタは考える。

どうしてアイリーゼと二人きりなのだろう。

(四人ぐらいお招きされていると思っていたわ……まさかわたくし一人だなんて)

用意されているティーセットは二人分。遅れて誰かが来るような気配もない。

まさか、こんなとんでもない試練が待っていたなんて、想像もしていなかった。

(落ち着くのよ、ヴィオレッタ……ああ、この紅茶の香りに色、最高級の茶葉だわ……)

紅茶を嗜むアイリーゼの作法も完璧だ。

貴族の中の貴族、令嬢の中の令嬢を見せてもらえている。

ヴィオレッタは固くなりながらも、失礼にならないように作法の要所は押さえて、茶会を楽しむことにする。

「ヴィオレッタさん、先日はありがとうございました。わたくしとしたことが、つい頭に血が上ってしまって……」

「い、いいえ。それにしても、学園も平和になりましたよね」

――あの日以降、レイチェル関連のトラブルは聞こえてこなくなった。

レイチェルは第一王子にも、他の男子生徒にも、必要以上に接触することがなくなった。昼休みも、ヴィオレッタと毎日一緒にランチをしている。

（レイチェルがお米を気に入ってくれてよかったわ）

やはりお米は強い。

ヴィオレッタとレイチェルはもうすっかりお米仲間だ。レイチェルがとても美味しそうにお米を食べてくれるので、ヴィオレッタも嬉しかった。

「ええ、そうね……あの時ヴィオレッタさんがいなかったら、どうなっていたことか」

憂いを帯びた声で言う。

（アイリーゼ様……ものすごく後悔していらっしゃるわ……）

ヴィオレッタが止めなければ、公爵令嬢が男爵令嬢にビンタしたということで、大騒ぎになっていたかもしれない。

「殿下に見限られていたかも……」

「そ、そんなことはないと思います。もしそんなことになりそうだったら、アイリーゼ様が殿下を大切に想われているからこその行動ですって、わたくしが証言します！」

「え？」

不思議そうに目を見開いたアイリーゼの顔が、次の瞬間真っ赤になった。

「え？　えっ……？　――あ。ああ、そうだったのね……」

「アイリーゼ様？」

「……わたくし、彼女に嫉妬していたのね……」

――まるでいま気づいたかのように、恥ずかしさと寂しさが混じった呟きを零す。

（――え？　気づいていらっしゃらなかったの？）

王子への――婚約者への気持ちを。

もし何とも思っていなかったら、あんな風に激昂していなかったはずだ。

そしてこの真っ赤な顔――もう間違いない。

「アイリーゼ様、そのお気持ちを、ぜひ殿下に伝えてください」

「そんな……言えないわ、こんなこと。わたくしたちは生まれる前からの婚約者で、いまさらこんなことで嫉妬なんて……」

「関係ありません。アイリーゼ様に特別に想われて、嬉しくない人はいません」

ヴィオレッタは力強く言い切る。

こんなに美しく高貴な女性が、弱みを見せながら愛情を伝えてくるのだ。しかも相手は婚約者。愛しく思わないわけがない。

「そ、そうかしら……？　わたくし、いままで強い感情は出さないようにしていたけれど……」

「なら、尚更です。想いは、きちんと言葉で伝えないと伝わりません」

――本の受け売りだけれども。

ヴィオレッタには恋愛経験が一切ないから想像でしかないが、きっと間違っていないと思う。

「……そう、そうね。ちゃんと、伝えてみるわ……ずっと昔からお慕いしていますって……」

アイリーゼは涙ぐみながら、頬を赤らめて微笑む。その姿は本当に可愛らしかった。

きっと何もかもうまくいく。そう、強く思えた。

「ヴィオレッタさんって、本当にすごいわ。意固地なわたくしにも、変わる勇気をくれるのだもの」

「お力になれたのなら嬉しいです」

微笑むと、アイリーゼもまた微笑む。テラスに暖かな空気が流れる。

「ヴィオレッタさんはわたくしにとって、とても特別なお友達よ」

「アイリーゼ様……」

今度はヴィオレッタが涙ぐみそうになった。

――思えば。

いままで、友人と呼べるような相手もいなかった。

「嬉しいです……」

「ふふ、わたくしもよ。そろそろ、ヴィオレッタさんにいただいたものを開けてもいいかしら？」

「は、はい、もちろん」

ヴィオレッタが手土産に持ってきた小箱が、再びアイリーゼの元へ持ってこられる。

シルクのリボンをアイリーゼがほどき、蓋を開けると、丸い缶が現れる。更にそれを開けると、ふわりと甘い香りが漂った。

缶の中には、紫色の小さなヴェールのような、薄く砂糖を纏ったスミレの花びらが入っている。

「なんて素敵なの……これは食べられるのかしら？」

「はい。このスミレはエディブル・フラワーと言って、専用に育てたお花なんです。咲いたばかりの花を摘み取って、卵白と砂糖でコーティングしています。そのままでも食べられますし、お茶に浮かべても素敵ですよ」

ヴィオレッタはひとつ手に取り、そのまま口に入れた。

しゃく、と砂糖のコーティングが軽く割れて、透き通った花の香りがふわりと広がる。

アイリーゼは少し戸惑っていたものの、ヴィオレッタが食べる姿を見て、同じように手に取った。

「お花を食べるなんて、おとぎ話の中にいるみたいだわ。……まあ。まるで春を食べているよう」

うっとりと目を潤ませながら、紅茶を飲む。

花の香りと砂糖の甘さ、そして紅茶が奏でるハーモニーを楽しんでいるようだった。

「本当に素敵。まるで『ミエル・ヴィオレ』にいるみたい」

　その名前にどきりとする。

「アイリーゼ様もそちらをご存じなのですか？」

「もちろんよ。わたくし、あのお店のハニーチーズケーキも、クリームも大好きなの。なんといっても世界観が素敵なのよね。乙女の夢が詰まっているわ。いまでは真似をしているお店も増えたけれど、やっぱり『ミエル・ヴィオレ』が最高だと思うわ」

　かなり贔屓《ひいき》にしてもらっているようだ。

　嬉しさで、胸がドキドキする。

「このスミレの砂糖漬けも、そちらで買えるようになるのかしら。わたくしの大好物になりそう」

　清楚に微笑みながら、ヴィオレッタを見る。陰の経営者であるヴィオレッタを。

（――あ。これ、勘づかれているわ）

　ヴィオレッタと『ミエル・ヴィオレ』に深い関係があると、確信を持たれている。

（だからその名前はやめようと言ったのに……）

　――どうしてもこの名前でと、パティシエに押し切られてしまったことを少し悔やむ。

（でも、喜んでもらえているし、アイリーゼ様は口が堅そうだし……証拠はないし……アイリーゼ様御用達だということは、将来的にもプラスになるわ）

　広告塔というのはとても大切だ。

　素敵なあの方と同じものを身につけたいとか、同じものを食べてみたいとか、同じ店に行きたいとかの憧れは購買意欲を刺激する。

いまの広告塔はヴィオレッタの母だ。母は社交界で『ミエル・ヴィオレ』の存在を積極的に広めてくれている。

アイリーゼが加われば、これ以上ない布陣となる。

(うまくいけば、ゆくゆくは王室御用達になって紋章も手に入るかも?)

紋章をカフェに掲げられれば、とても箔がつく。

そしていつか女王陛下の耳にも届くかもしれない。献上できるようになるかもしれない。

そこまでいかなくても、アイリーゼが喜んでくれるのなら、それだけでとても嬉しい。

「もし、そうならなくても——わたくしが毎年送らせていただきますね」

「まあ、とても楽しみ。ありがとう、ヴィオレッタさん」

花の咲くような笑顔に、ヴィオレッタも笑顔で応えた。


その後は趣味の話で盛り上がり、茶会が無事に終わって帰宅したヴィオレッタは、大急ぎでスミレの砂糖漬けの増産手配をした。

(特に綺麗な花は生花でケーキに載せても素敵よね。スミレの砂糖漬けはすっごく乙女らしいパッケージにして、手軽なプレゼントにできるようにするのもいいわ)

きっと大人気になる。

部屋でパッケージの案を考えながら、少し疲れて黒鋼鴉《ナイトレイブン》の羽ペンを置く。

（ううーん、事業は楽しいけれど、もっと人に任せないとダメね。わたくしの裁量がまた増えてきてしまっているし、わたくしだって、いつお父様が結婚話を持ってくるかわからないし）

貴族の娘として覚悟と準備はしておかないとならない。

結婚話が一生なくても、任せられるところは任せた方が、ヴィオレッタももっと自由に動ける。

（それはそれとして、スミレの砂糖漬けの件は一気に進めてしまいましょう。善は急げ、よね）

またペンを取り、ヴィオレッタは思いつくままアイデアを書き留めていった。

その時、扉がノックされる。

「――ヴィオ、ちょっといいか」

「お兄様、どうしました？」

返事をすると、オスカーがやや真剣な面持ちで扉を開けた。

「アイリーゼ様と、どんな話をしたんだ？」

「…………」

――恋愛話をしたなんて、兄には言いにくい。

「趣味の話をしました」

「なにぃ？　お前、まさか――」

「ガーデニングの話を。女王陛下もガーデニングがお好きらしいですよ」

「ガーデニング……ガーデニング？　まあそう言えないこともないのか……？」

「庭の野菜の世話をしているといったら、アイリーゼ様もびっくりされていました」

「それはガーデニングじゃない！　……まあいい。会話は弾んだんだな」

「ええ、とても」

ヴィオレッタが微笑むと、オスカーも安心したように肩の力を抜いていた。どれだけ心配していたのだろう。

「お兄様のおっしゃられていた通りでした」

「ん？　何がだ？」

「学園って、とても素敵なところですね。大切なお友達ができました」


――休み明け、学園での昼休み。

（ああ、落ち着く……）

中庭のベンチで日向ぼっこをしながら、ヴィオレッタは平穏を噛みしめる。

休み中とても忙しかったので、学園での昼休みが一番ゆっくりできる時間になっていた。

ヴィオレッタの隣では、レイチェルが目をキラキラと輝かせて座っていた。

「ヴィオ、今日のお弁当はなに？」

「今日はライスバーガーです」

ランチボックスを開けると、三つのライスバーガーが並んでいた。

炊いた米に茹でたジャガイモを混ぜて焼いてバンズをつくり、スパイスで味付けした牛肉と、サラダ菜、そしてマヨネーズを挟んだものだ。マヨネーズも前世知識を頼りに開発したものである。米の普及のため、色々とメニューを試しているところだった。

「すごい！　ヴィオって本当天才！　いただきます！　――おいしーっ！」

レイチェルは一口目で満面の笑みを浮かべた。

「ヴィオ、これ売ったら絶対に大ヒットするよ！」

「そんなにですか？」

ヴィオレッタも今日のライスバーガーには自信を持っていた。試作してくれた料理人の間でも反応が良かった。

――だが、これそのものを販売する考えにまでは至らなかった。

「それはいいアイデアかもしれませんね。もっと多くの人に食べてもらいたいです」

ヴィオレッタもライスバーガーを食べる。

ご飯の甘みとジャガイモのほんのりとした風味、そして焼き牛肉のスパイシーさ、サラダ菜のシャキシャキ感に、まったりとしたマヨネーズ――それらの調和が見事に取れていた。

（これは本当にいい出来だわ。辛さと甘みがバランスいいし、ついつい食べたくなってしまうもの）

本当に売れそうな気がしてくる。

（新しくお店を出してみようかしら。小麦のバンズと、ライスバンズで両方一緒に売ってみる？

中身が同じなら手間もそう変わらないだろうし）

カフェ・ド・ミエル・ヴィオレは高級志向だが、バーガー店はもう少し庶民向けにして、路面店や屋台やイベントで販売して――

（一緒にポテトフライはどうかしら。きっと皆病みつきになるわ。ドリンクも一緒に販売した方が利益率も上がるわよね。ああ、アイデアが次から次へと湧いてくる……！）

家に帰ったら早速計画を立ててみよう。

（それにしても――）

ヴィオレッタは隣のレイチェルの顔を眺める。

本当に美味しそうに食べてくれている。

「レイチェル。わたくしとばかりいてもいいのですか？」

レイチェルはいまも男子の友人が多い。むしろいまの方が人気が高いかもしれない。今日の昼休みも男子生徒に誘われていたのに、あっさりと断ってヴィオレッタの方へ来ている。

「いいの。ヴィオといるとすごく楽しいし」

「ふふっ、光栄です」

「それに、お金持ちと結婚しなくてもお米が食べられるようになったし」

「――もしかして、お米のために色んな男性に声をかけていたんですか？」

「そうだよ？」

悪びれることなく肯定する。

「だって普通じゃ手に入らないもの。本当、ヴィオに会えてよかったあ」

レイチェルは幸せそうに笑う。

（お米はやっぱりすごいわ）

ヴィオレッタはライスバーガーを見つめる。

この小さな粒ひとつひとつに、無限の可能性が詰まっている。

こんな素晴らしい食べ物があるだろうか。いやない。

「あたしが毎年ちゃんと買うから、安心してどんどん作ってね」

「はい」

安定した販売ルートが確保できるのは、ヴィオレッタにとってもいいことだ。

いままで消費の問題があって、あまり量が作れなかった。だがそれは、この世界の人々に米の良さがまだ理解されていないからだ。

もっと普及させるためにも、バーガー店を軌道に乗せたい。そうすれば、もっともっと田んぼの面積が増やせる。いずれは、他の領地でも作りたいと言ってくれる人が出てくるかもしれない。

だって、こんなに美味しいのだから。

「――あ。しまった！」

食べ終わったレイチェルが、青ざめた顔で立ち上がる。

「どうしました？」

「カメリア女史に呼び出されていたんだった！　ごめんヴィオ、お先！」

あっという間に走り去っていく。

ヴィオレッタはひとりになってしまったが、次の授業はカメリア女史のマナー講座だ。すぐに会えるだろう。残りの昼休みはのんびり過ごすことにする。

(でも、困ったわね。ライスバーガーが一つ余ってしまったわ。夜に食べても大丈夫かしら?)

レイチェルがたくさん食べてくれるので、三人分持ってきてしまっていた。

最後の一つは分けて食べてもいいと思っていたので、半分ぐらいならまだ食べられる。だが全部はさすがに無理だ。

悩んでいると、足元でふわふわとした感触がした。

驚いて下を見ると、淡い毛色の子犬が足にすり寄っていた。

(——か、かわいい……!)

学園内に子犬がいるなんてめずらしい。どこから迷い込んだのだろうか。

「どうしたの? お腹が空いているの? ……子犬さんには、これは味が濃いかしら……」

味が濃いものはよくない気がする。米の部分を少しだけなら大丈夫だろうか。

考え込んでいると、子犬は尻尾を振りながら奥の方に歩いていく。

——まるでヴィオレッタを呼んでいるかのように、時折振り返りながら。

レイブンズ家の能力は鳥類にしか及ばないが、何を考えているかはなんとなくわかる。

この先に、何かあるのだろうか。

ヴィオレッタはランチボックスを抱え、子犬についていった。

柔らかい葉の植え込みを掻き分けて、奥へ進む。

その先に広がっていた光景に、ヴィオレッタは息を呑んだ。

――陽光が木々を通して零れ落ちる下で、男子生徒が眠っていた。

銀髪が淡い光に照らされて、目は静かに閉ざされていて。

まるで、そこだけゆっくりと時間が流れているようだった。

「…………」

ヴィオレッタは魔法がかかったように、その光景に釘付けになってしまった。

子犬は嬉しそうに尻尾を振って、横たわる男子生徒にすり寄っていく。

（……わたくし、この御方を知っているわ……）

冬の結晶のような繊細さと、触れてはいけない冷たさを帯びた男性。

何回か遠目に見かけたことがある。そのたびに、周囲にいた女子生徒たちがはしゃいでいた。

（お名前は何だったかしら……いやだわ。『氷の貴公子様』としか覚えていないわ）

ヴィオレッタの兄オスカーと同い年で、女子生徒たちの会話の中でも、光輝の君オスカーと一緒に話が出てくる。なんでも並ぶ姿が金と銀、光と氷、動と静でとても絵になるのだとか。

その氷の貴公子が、芝生の上で眠っている。子犬に懐かれながら。

淡い金色の小さな身体がすり寄る姿が、彼の冷たい印象を優しく溶かしてしまっていて、ヴィオレッタは思わず微笑んでしまった。

（……いけないわ。寝顔をじろじろ見るのは失礼よね）

そう思うのに、目が離せない。

（それにしても、なんだかとても……疲れていらっしゃるような……）

顔色が悪い。血色も悪いし、目の下に暗い隈が広がっている。

その顔色は、昔の母に似ていた。体調が悪くて寝込みがちだったころの母と。

あまり寝ていないのだろうか。

だから、こんな場所で昼寝をしているのだろうか。

それとも、寝ているのではなく体調不良で倒れているのではないだろうか。

声をかけるべきかと迷っている間に、目が開く。

起き抜けの瞳が、警戒心と共にヴィオレッタに向けられた。

「――あ、あの。大丈夫ですか？」

「…………」

身体を起こした彼の顔には、戸惑いが浮かんでいる。

ヴィオレッタと子犬をどうしたものか迷っているようにも見える。

「お休みのところ邪魔をしてごめんなさい。それで、その、差し出がましいですが、ちゃんと食べていらっしゃいますか？　……よろしければ、こちらをどうぞ」

ヴィオレッタはランチボックスに入ったライスバーガーを差し出す。

その瞬間、眼差しに更なる戸惑いと警戒が混じった。

当然の反応だ。貴族が、よく知らない相手から手渡された物を、すんなりと食べるわけがない。

（わたくし、何をしているのかしら――？）

自分で自分の行動がわからない。

相手から見ていまのヴィオレッタは、休んでいるところにやってきて、じろじろ寝顔を見てきて、勝手に心配して食べ物を押し付けてくる――奇妙な女子生徒。

嫌悪感を露わにされても仕方ないのに、彼はそうしなかった。

不思議そうにヴィオレッタとライスバーガーを見つめている。

「なんだこれは……」

「ライスバーガーです。パンの代わりに焼き固めたライスを使っています。お口に合わないかもしれませんが……栄養と食べ応えは満点です！」

その瞬間、子犬がライスバーガーに興味津々で鼻を近づけた。

彼の硬い表情が、一瞬緩む。そして、軽く目を閉じた後、ライスバーガーを手に取り、食べた。

（食べた――？）

自分で渡しておいて驚く。

まさか本当に食べるなんて。自分でも怪しすぎると思うのに。

彼はゆっくりとライスバーガーを食べていく。

ヴィオレッタは食い入るようにその姿を見つめていた。途中でバンズの欠片を子犬に与えるところも。子犬が尻尾を振って嬉しそうにそれを食べている様子も。

なんだろう。この感情は。

胸が熱くて、ドキドキして苦しい。

（か、感想……感想を聞きたい……それにもっと、いっぱい食べさせてあげたい……）

そして、顔色が良くなってほしい。元気になってほしい――……

全部食べ終わってから、彼はヴィオレッタを見つめた。心臓が跳ねる。

「君はいったい――」

「わ、わたくしは――」

どう自己紹介するべきか悩んだ瞬間、遠くから鐘の音が響く。

――昼休みが終わる予鈴だ。次の授業はカメリア女史のマナー講座。絶対に遅れられない。

ヴィオレッタは急いでランチボックスを片付けて立ち上がる。

「ただの通りすがりのものです！　――あっ、忙しい時でも、ちゃんと食べてくださいね！」

ヴィオレッタはそれだけ言って、逃げるように走った。

自分でもわからない感情と、胸の高鳴りを感じながら。


――その後のマナー講座では何故か失敗ばかりして、カメリア女史に何度も指摘されてしまった。

「レイブンズ、今日はいったいどうしたのです。あなたらしくもない」

「ど、どうしてしまったのでしょう、わたくし……本当にどうしてしまったんでしょう……」

――そして、二週間がたった。

歴史学の授業が終わった後も、ヴィオレッタは教室の席でぼんやりと外を眺めていた。

昼休みが訪れても席を立つことなく、時間だけが静かに流れていく。

（あの方は、ちゃんと食べてくれているかしら……しっかり休んでくれているかしら……）

中庭で出会った「氷の貴公子」のことが、いまだに気になって仕方がない。

目は無意識にその姿を探してしまう。

そして、自然とため息が零れてしまう。

（……わたくし、何をやっているのかしら）

最近なんだか、とてもおかしい。

（農作業にも身が入らないし……事業の計画も立てられていない……）

ぼんやりすることが増えてしまった。

兄のオスカーにも、レイチェルにも、何か悩み事があるのかと聞かれてしまった。

――だが、何と言えばいいのかわからない。名前も知らない人のことを、何故かずっと考えてしまうなんて相談するのは、なんだか恥ずかしい。

知ろうとすればいいだけのことなのに、一歩を踏み出す勇気が出ない。

「ヴィオレッタくん」

名前を呼ぶ声に、現実に引き戻される。

顔を上げると、同級生のフェリクスが席の前に立っていた。

「まあ、フェリクス様、ミエル・ヴィオレはどうでした？」

以前誘われて断ってしまったことを思い出し、話に出してみる。

「ああ、うん。大分前にね。いい店だったよ。次は君と行きたいな」

「そうですね、機会があったら皆さんで行きましょう」

「ああ……そうだね。ところで、何か悩んでいたりする？　ずっと元気がないみたいだから」

――同級生にもわかるぐらい、様子がおかしいらしい。

これは、本当によくない。

だが。

「……何に悩んでいるのか、自分でもよくわからなくて……」

「そういうこともあるさ。思いつくまま話してみてよ。取り留めなくてもいいからさ」

親切な学友に促され、ヴィオレッタは意を決して口を開いた。

「え、ええと……フェリクス様。これは、わたくしの友人の話なのですが……」

「うん」

「最近、気になる方ができたそうなのです」

「……うん」

「それで、その……男の方って、どんな女性が好ましいと思うのですか？」

ヴィオレッタは自分でも何を聞いているのかわからなくなり、恥ずかしさで消えてしまいたくなった。冷静な判断がまったくできていない。

――ただ。最悪だっただろう第一印象を少しでも挽回したい。もっと言葉を交わしてみたい。

そのために、次こそはいい印象を残したい。

だから、参考に聞いてみたかったのだ。

「ヴィオレッタくん……気になる人ができたのかい？」

「わたくしではなく、友人の話です」

「ふうん……」

フェリクスは何か考え込みながら、ヴィオレッタの目を見た。

「僕は、ありのままでいいと思うよ」

そう言って、微笑む。

「ありのまま……弱みを補おうとするより、強みを伸ばした方がいい――そういうことですね？」

――男性の好みを意識して無理に飾ろうとするより、自分らしさを伸ばした方がいい。

「そうですね……そのとおりだと思います。ありがとうございます。友人にもそう言ってみますね」

「役に立てたならよかった。実は――僕も、気になっている人がいるんだ」

「まあ、そうなんですね」

ヴィオレッタは思わず前のめりになってしまった。

異性の恋愛についての話を聞けるなんて、貴重な機会だ。

「……ヴィオレッタくんは、僕をどう思う？」

「とても素敵だと思います。なんだか不思議な雰囲気があって、引き込まれそうになります」

正直な気持ちを言う。

フェリクスはどこか、他の人間とは違う不思議な雰囲気を纏っている。自分の世界を持っている。

穏やかな空気は、他にはあまりいないタイプだ。

「嬉しいな。そう言ってくれる人は珍しいよ」

「そうですか？　他の方も、フェリクス様が素敵だと話していらっしゃいますよ」

これも本当だ。

だがその瞬間、フェリクスの顔が微妙に強張った。

「……他の人とか、どうでもいいんだけどな」

小さな呟きはヴィオレッタにはよく聞こえなかった。

だが、その表情は、寂しさと苛立ちが滲んでいるように見えた。

（わたくし、何か失礼なことをしてしまったかしら……？）

不安が胸によぎったその時。

「ヴィオー！」

明るい声が響く。振り返ると、レイチェルが駆け寄ってくるのが見えた。彼女はそのままこちらにやってきて、ヴィオレッタを背中側から強く抱きしめた。

「もうお昼だよ、早くいこっ。お腹ぺこぺこだよー」

レイチェルに腕を引かれて立ち上がる。

「あ、はい。フェリクス様、また今度――レ、レイチェル、あんまり引っ張らないでください」

「あはは、ごめんごめんー」

学園に持参していたランチボックスを持ち出して、中庭へ向かう。

「さっきフェリクス様と何か話してた？　お邪魔だった？」

レイチェルが不安そうにヴィオレッタの顔を覗き込んでくる。

「いえ、たいしたことではないですから。世間話です」

「うーん……まあ……いまはいいや。それより、落ち着いて聞いてね？」

「何をですか？」

「氷の貴公子様が、学園をやめたんだって」

一瞬、頭が真っ白になった。

思考が停止し、足が竦んだ。

「爵位を継いで忙しくなって卒業したって話だよ。でも、同じ貴族なんだからパーティとかで会えるよ、きっと！」

レイチェルは明るく笑っている。

なのに何故か、ヴィオレッタの胸は、鉛のように重く冷たくなる。

――自分でも驚くほどに、ヴィオレッタはショックを受けていた。たった一度関わりのあった相手が学園をやめただけで、あんなに眩しかった世界が、陰りを帯びて見えた。

「そうなんですね。きっと、すごく大変なんでしょうね」

自分の声が、ひどく遠くで響いている。

兄に聞いたことがある。爵位を継ぐことになったりすれば、卒業を認められることもあると。

彼があれほど憔悴していたのは、そのせいだろう。寝る時間もないぐらいに忙しいのだから、学園になど通っていられないだろう。

「…………」

――同じ貴族だから、また顔を合わせる機会はあるかもしれない。

社交界に積極的に出るようになれば、どこかで会えるかもしれない。

だがそうすれば、農業や商売を疎かにすることになってしまう。

それは、嫌だ。

(それに、あんな素敵な方だもの。素敵な恋人や婚約者がいらっしゃるはずだわ。卒業したのなら、すぐにでも結婚されるのかもしれないし)

そう思うと、ひどく胸が苦しくて、何故か涙が零れそうになった。

「ねえ、ヴィオ」

レイチェルの両手が、ヴィオレッタの頬に触れる。

俯いていた顔を、優しく持ち上げられる。

「ヴィオはすっごく可愛いよ。きっとみんな、ヴィオのこと知れば知るほど大好きになるよ」

レイチェルは太陽のような眩しい笑みを浮かべた。

「次のお休み、どこか行かない？　おいしいものたくさん食べちゃお」

元気づけるような明るい声に、ヴィオレッタもつられて微笑んだ。

「ふふっ……いいですね。たまには、我慢せず思いっきり食べちゃいましょうか」

――そうして。

ヴィオレッタは、彼を探さないことに決めた。

名前も、どこの誰かかも、知ろうとしないことに決めた。

知ってしまえば、ずっと追いかけてしまいそうだから。忘れられなくなりそうだから。

――向こうもきっと、ヴィオレッタのことなんてもう忘れているだろう。

番外編　オスカー・レイブンズの憂鬱

「なあオスカー、妹を紹介してくれよ。可愛いんだろ？」

上の妹であるヴィオレッタが入学してから、学友からそう声をかけられることが多くなった。

「断る」

「なんで」

「人に頼るな。関わりたいならひとりで行け」

――オスカー・レイブンズには妹が二人いる。

五歳下の妹であるルシアは、生まれた時からとにかく可愛かった。家族全員――特に父親はルシアを溺愛していた。王子妃も夢ではないと思っているようだが、オスカーから見れば甘やかされて育ったのでワガママだ。とても王家に嫁げるような器ではない。とはいえ、いずれ大貴族にでも見初められて幸せな結婚をするだろう。

上の妹であるヴィオレッタも、可愛い。可愛いが、問題は中身だ。伯爵令嬢のくせにどこで覚えてきたのか、農作業が大好きだった。

どこで知ったのか、コメというマイナーな穀物に執着し、領地で栽培も始めた。

コメだけにとどまらず、四輪作という農法を生み出し、領地の収穫量を大幅に増加させた。

元から裕福だったレイブンズ家は更に豊かになったが、豊穣をもたらしたのがヴィオレッタだということは、家族とごく一部の使用人にしか知られていない。下手に広まれば、変な人間を引き寄せてしまうかもしれないという、父と祖母の懸念からだった。

そして当人は、何も気にせず呑気に土いじりに勤しんでいる。

美人だというのに化粧っ気も色気もない。社交界にも出ない。この分では誰にも求婚されないまま、伯爵家で一生過ごすかもしれない。ヴィオレッタ自身、それを望んでいる節がある。

頭の痛い問題だが、最近はオスカーもそれでもいいかと思っていた。

変な相手に渡すくらいなら、ずっと手元に置いていた方がいい。

もちろんそれはそれで困るが、兄だから、家族だから仕方ない。

「……シスコン」

「誰がだ。家族の色恋沙汰に関わりたいやつがどこにいるんだ」


——その日の帰り。

伯爵家の馬車にヴィオレッタと共に乗ったオスカーは、妹の様子がいつもと違うことに気づく。

(なんだ?)

心ここにあらずといった様子で、ぼんやりと窓から外を見ている。しかし風景を見ているわけではない。考え事をしているようだが、その割には真剣さが足りない。

しかも頬が少し赤い。

ここではないどこかを見ていて、ここにいない誰かのことを考えている。

オスカーは、女子生徒のこういう雰囲気を知っている。

恋する女性の雰囲気だ。

(もしかして――)

ヴィオレッタが、恋をした？

(まさか、あの土いじりしか興味のないヴィオが？　クロと結婚するとか言い出しかねないヴィオが？　本当か？　本気なのか？　いつから？)

朝はこうではなかった。つまり今日。オスカーが知らない間に。

(――どこの誰だ……？)

妹に手を出そうとしているやつは。

貴族は外面がいいやつが多いから騙されているのではないだろうか。

――妹が生まれた時、守ってあげてほしいと母に言われた。

そう。自分には、妹たちを守る義務がある。

(泣かせたら殺してやる。どこの誰だ)

オスカーは決意し、慎重に声をかけた。

「なあ、ヴィオ。この兄に相談することはないのか？」

「えっ？　い、いいえ、いまは特に。急にどうしたんですか？」

ヴィオレッタは驚いた顔をし、不思議そうに首を傾げる。

――自分の変化に気づいていないのか。

それとも兄に相談する気がないのか。

もう一歩踏み込むべきか考えていると、ヴィオレッタは真剣な顔をして視線を伏せた。

「わたくし、何か変なのでしょうか。友人にも聞かれました。悩み事があるのかって――」

「それは男にか？」

「いいえ、レイチェルです」

「そ、そうか。あのルーキス男爵家のな。友人なんだな」

安堵しつつも、依然相手はわからない。

（自覚がないのか……そうか。自覚がないのなら放っておくか）

下手に刺激して、自分の気持ちを勘違いされては困る。

――ヴィオレッタのそれは、ただの気の迷いだ。外面のいい男と出会って、恋に恋しているような状態になっているだけだ。上の妹はいままでそういう情緒がまったく育ってなかったから。

きっとすぐに目が覚める。


しばらく静観することに決めて、二週間ほどが経った頃。

ヴィオレッタがひどく元気のない様子で、帰りの馬車に乗ってきた。

（フラれたのか？）

一瞬でそれがわかるぐらい落ち込んでいる。

ほっとしつつも、ひどく腹が立った。

(どこの誰だ)

妹を振ったのは。

――結局、ヴィオレッタからは二週間、何の相談もなかった。だからいまだにオスカーは妹の無自覚の恋の相手が誰だか知らない。

(ショックを受けてるっぽいが……泣きもしないし……相手に恋人か婚約者がいたとかか?)

告白する前に失恋したのだとしたら、オスカーもヴィオレッタもどうしようもない。

だが、ムカつく。

妹が知らないところで誰かに凹まされたのはムカつく。なんて見る目のないやつだ。

どんな相手か聞き出したいが、兄妹で恋愛相談なんてむず痒い。ヴィオレッタだって兄に訊かれたくないだろう。

悩んでいると、ヴィオレッタがぽつりと口を開いた。

「……あの、お兄様。お兄様と仲が良いという――……いえ、なんでもありません」

馬車の音にかき消されそうな小さい声で言いかけて、途中でやめる。

だからオスカーは聞こえなかったふりをした。

(仲が良い? 誰だ? どいつだ?)

次々と候補者の顔が浮かぶ。オスカーにとっては、その全員が友人としてはともかく、妹の恋人としては不合格だ。悪いやつらではないが、この妹を任せられるような相手はいない。

——その時、ふと。

愛想の欠片もない、融通の一つも利かない、しかしやたら女子生徒には人気のある同級生の顔が浮かんだ。

(あいつもダメだ！　やめとけ——！　いや、エルネストは学園をやめたし……)

エルネスト・ヴォルフズは学園をやめた。

正式に侯爵位と仕事を継いで忙しいのはわかるが、学園もあと一年だというのに、誰にも何も言わずにあっさりといなくなった。

——冷たいやつだとも思わなかった。彼はそういう雰囲気が常にあった。誰とも深い関わりを作らない。

だが人を引き付ける何かが、確かにあった。

(あいつに婚約者はいないはず——いや、あいつとは限らないだろ)

——たとえ相手が誰であろうと。

もし、ヴィオレッタが気持ちを自覚して、相談してくるようなことがあったら。

少しくらい協力してやってもいいかもしれない。会う機会なんて、いくらでもつくれる。

「……なあ、ヴィオ。何か欲しいものないか？」

「どうしたんですか、急に……」

ヴィオレッタは目を丸くして、そして迷いを振り切るように笑った。

「そうですね、新しい土や肥料の研究がしたいです！」

「よーしよしよし、いくらでも付き合ってやろう」

ああやっぱり。ヴィオレッタには色恋沙汰なんてまだまだ早い。

安心していると、ヴィオレッタがいきなりくすくす笑い出す。

「どうしたんだ？」

「いえ、お兄様が最近なんだか悩んでいたようなので、気になっていたんですが……心配なさそうですね」

「誰のせいだと」

第三章　侯爵夫人の農地改革

——学園を卒業したヴィオレッタは、十八歳でエルネスト・ヴォルフズ侯爵と結婚した。

ヴォルフズ領での結婚式の翌朝、ヴィオレッタは不思議な気持ちで目覚めた。

「——あら……わたくし、エルネスト様とお会いしていたわ……」

ひとりベッドで身体を起こした状態で、ぼんやりと呟く。

随分と、長い夢を見ていた気がする。

そして、随分と懐かしいことを思い出した。

貴族学園時代、中庭で一度だけ会話した『氷の貴公子』——彼がエルネスト・ヴォルフズで間違いない。

（いえ、会話はしていないわ——一方的に食べ物を渡して消えたから）

思い返してみれば、とても変な出会いと行動だ。

（あの方がエルネスト様だったなんて……）

驚きと共に、重いため息をつく。

一体どうして覚えていなかったのだろう。どうして今日まで気づかなかったのだろう。

答えは明白だ。忘れることに決めて、本当に忘れてしまったから。

そして。

（エルネスト様の顔を、ちゃんと見ていなかったからよね）

顔合わせの時点からまともに見てこなかった。

ちゃんと向き合ったのは初夜が初めてだ。

「エルネスト様はわたくしのことを覚えていらっしゃるかしら……覚えていないでしょうね」

あの時は、お互い名乗ることもなく。

その後も遠目に見かけるだけで。

しかも『氷の貴公子』は、あれからすぐに学園からいなくなってしまった。

爵位を継ぐための早期卒業。女子生徒たちの嘆きはかなりのものだったが、一か月もすれば話題に上ることはなくなった。少女たちの憧れは移ろいやすいものである。行事で活躍した男子生徒や、新しく赴任した教師に関心は移っていく。

そしてヴィオレッタも、友人たちとの学園生活が楽しすぎて、いつしか彼のことを忘れていた。

もし覚えてもらっていたとしても変人としてだろうから、忘れられたままの方がいい。

（わたくしの悪評が広まって悪目立ちを始める前に、エルネスト様はとっくに卒業されていたから……わたくしのことなど記憶に残っていないでしょうね）

――ヴィオレッタの噂話は、ヴィオレッタの卒業の直前から流れ始めた。

噂の内容は、婚約者のいる男性を誘惑したとか、パーティで一夜限りの相手を漁っている等々、とてつもなく「ふしだらな」ものばかりだった。

もちろん心当たりは一切ない。

ヴィオレッタは社交より農作業の方が好きで、学生時代の三年間、学校以外の時間は屋敷の外にはほとんど出ていない。交流を深めるのも同性の友人とばかりだった。

男性と遊んだことなどまったくない。デートすらない。

卒業後も、領地で農作業をするのが楽しすぎて、王都にもほとんどいなかった。

噂の原因はすぐに判明し、対策もしたのでほどなく収束すると思っていたが、何故かヴィオレッタの悪評はますます広まっていった。

こうなると、もうどうしようもない。

そんな状態でまともな縁談は望めない。社交界というのは醜聞に敏感だ。事実、婚約話のひとつも持ち掛けられることがなかった。

家族は悪質な嫌がらせだと怒っていたが、ヴィオレッタは特に気にしていなかった。

このまま一生家にいられる、と喜んでさえいた。

――なのに、父がエルネスト・ヴォルフズ侯爵との結婚話をまとめあげてきた時は本当に驚いた。

いったいどんな手を使ったのだろう。

借金問題で苦しんでいるエルネストに、多額の援助をすると申し出たのだろうが。

そうすれば悪名高い娘が片付く上に、侯爵家に恩を売れるし、ヴォルフズ侯爵家の血筋にレイブンズ家の血が混ざることになる。けっして高い買い物ではなかっただろう。父は家族を愛する人だが、生粋の貴族であり、生来の商売人だ。

そしてエルネストはその話を受けざるを得ないほど、金銭的に困窮していた。

(可哀そうな御方よね)

家名と自身を金で売ったようなものだ。

やむを得ない結婚でも、個人のプライドまでは売っていない――という意思表示が、昨夜の発言に繋がったのだろう。彼にとってはささやかな仕返しかもしれない。

(そして、わたくしにとっては好都合)

ヴィオレッタは窓の近くに行き、外の小麦畑を見る。

収穫直前だというのに、とても豊作には見えない。王都からこちらに移動する際に見えた景色も同じようなものだった。

「――ああ、なんて……なんて改革しがいのある農地!! やることがたくさん!」

いまの小麦を収穫して、冬を越してまた種を蒔くまでに、やるべきことはたくさんある。

「まずあれをして、これをこうして……そうだわ、その前にエルネスト様を送り出さないと」

侯爵領から王都までは、道が悪いのもあって馬車で十日かかる。長旅である。

一応、名目上は妻なのだから、笑顔で送り出そう。

ヴィオレッタ付になったメイドを部屋に呼んでドレスに着替える。

毛織のストールを羽織って部屋の外に出ると、廊下に金色の毛並みの大きな犬がいた。

優しい顔つきと、嬉しそうに尻尾を振る姿は、記憶の中の彼とよく似ていた。

「――きみは、あの時の子犬くんかしら？」

犬は小さく鳴いて返事をする。ヴィオレッタはその頭を優しく撫でた。

「この子の名前は？」

メイドに訊く。

「アンバーです」

「アンバー、これからよろしくね」

ヴィオレッタはアンバーと一緒に玄関ホールに向かった。


玄関から外に出ると、いままさに出発しようとしているエルネストの姿が見えた。護衛と従者、執事に囲まれて最後の打ち合わせをしているようだ。

その集団の中でも、エルネストの姿はひときわ輝いているように見えた。

（やっぱり、綺麗な御方）

ヴィオレッタは玄関から出たところで、足を止めた。昨日あれだけのことを言われたのだから、遠くから見送るだけにする。嫌いな相手に近づかれるのは不快に思うだろうから。

（愛されないのはともかく、嫌われるのは少し悲しいわね……）

胸がちくりと痛む。

噂を何とかできなかった結果だから仕方ない。だがもし噂を何とかできていたら、この結婚もなかったかもしれないのだから、不思議な巡り合わせだと思う。

その時、エルネストがヴィオレッタの方に歩いてくる。

忘れ物でもしたのだろうか。邪魔をしないように少し横にずれようとしたが、エルネストの目はまっすぐにヴィオレッタを見ていた。

動く間もなく、正面から向き合う格好になる。

今度は何を言われるのだろうか。思わず身構え、目を伏せる。

短い沈黙の後。

「……昨日は、すまなかった」

小さく、だがしっかりと耳に響いた謝罪の言葉に、ヴィオレッタは驚いた。

思わず顔を上げ、夫の顔を見上げる。その表情からは、何を考えているかはわからない。

そしてヴィオレッタは、精いっぱいの勇気を出して微笑む。

「いえ、気にしていませんので。いってらっしゃいませ、エルネスト様。どうかお気をつけて」

「ああ」

それで会話が終わると思ったが、エルネストはまだそこから動かない。

「まだ何か？」

「……この地は、君がいたところより風が冷たい。身体には気をつけてくれ」

それだけ言って背中を向け、馬車に乗り込んでいく。

出発し、遠ざかっていく一団の影を、ヴィオレッタはしばらく見送っていた。

（一晩で、いったい何が……？　どういう風の吹き回しかしら……）

昨夜はあんなに冷たかったのに。

交わした短い言葉だけで、心に刺さっていた冷たい棘が消え、胸が軽くなっていく。

「奥様、そろそろ中に戻りましょう——」

ずっと馬車を見送っていると、執事のセバスチャンが声をかけてくる。

「そうね……」

屋敷の中に戻ろうとした時、空に浮かぶ黒い点に気づく。

それはすごい勢いで近づいてきて、使用人たちもざわめき始める。

巨大な黒い鳥——黒鋼鴉《ナイトレイブン》が、まっすぐにヴィオレッタの方へ向かってくる。

「奥様、早く家の中へ——！」

「クロ！」

「……く、クロ？」

間違いない。あのシルエット、あの瞳、あの顔。あの羽音。

戸惑うセバスチャンの横をすり抜け、ヴィオレッタはクロに向けて駆け出す。

クロは悠々と地面に着地し、丸い眼でヴィオレッタを見た。

ヴィオレッタは嬉しくなってその首に抱き着いた。

「わたくしを追いかけてきてくれたの？　なんていい子なのかしら！　……あら、鞍に何か……」

ヴィオレッタ専用の鞍に小さな紙が挟まっていた。

——クロが行きたがるから行かせる。

名前も書いていない短い手紙。書いたのはオスカーに違いない。

（ありがとうございます、お兄様）

兄に心から感謝しながら、クロの背を撫でる。

クロがいれば、どこにでも行ける。なんでもできる。クロはヴィオレッタの自由の翼だ。

振り返ると、使用人たち全員、何が起こっているかわからないという顔をしていた。怖がっていたり、啞然としていたり。

犬たちだけは、新しい友達がきたのかと嬉しそうに尻尾を振っていた。

「この子はわたくしの黒鋼鴉――クロです。とても頭が良くて優しい子ですから、怖がらなくて大丈夫ですよ」

ざわめきが起きる。

どうやらこの土地の人々は黒鋼鴉に馴染みがないようだ。

「セバスチャン。旦那様はわたくしのことで、何かおっしゃっていたかしら？」

「――す、すべて奥様の希望通りに、と仰せつかっております」

――エルネストはヴィオレッタとの約束を守ってくれている。

自由にしていいと。

ヴィオレッタは満面の笑みを浮かべた。

「それではまず、土虫がたくさんいるところを教えてくださる？　クロにご褒美を上げないといけませんから」

敷地の隅――肥料用の黒い土がたっぷりと積まれている場所に案内され、ヴィオレッタは嬉々としてスコップの柄を握った。

「お、奥様。そのようなことは私共がやりますので……」

「では、もうひとつバケツに土虫を集めてもらえますか？　あの子、たくさん食べるので」

ヴィオレッタは老齢の庭師にそう頼み、自らもスコップを手に土虫を集め続ける。

元気いっぱいのいい土虫だ。クロも喜んで食べてくれるだろう。

順調にバケツ三つ分の土虫を集め、クロに与えると、勢いよく食いついた。

「ふふっ、お腹が空いていたのね」

あっという間にすべて食べ終わり、満足そうな顔をした。

寝床はひとまず、使っていない物置小屋を借りることにした。

「あ、あの、奥様……黒鋼鴉は他に何を食べるんでしょう……」

若い料理人が顔を青ざめさせながら聞いてくる。

「なんでも食べてくれますよ。お肉も、魚も、野菜も、木の実も、魔物も、なんでも。家畜とか農作物とか人間は食べないように躾けていますから、安心してくださいね」

「それはつまり、普通の黒鋼鴉は人間を食べるってことですよねぇ……」

料理人の顔がますます青ざめる。

「だから大丈夫です。いままで食べさせたことありませんし。きっと」

「きっと……」

「――奥様、大変です！」

今度はセバスチャンがヴィオレッタを呼びにやってくる。

「あら、どうしたの。セバスチャン」

「奥様宛に山ほどの荷物が運ばれてきまして――」

「まあ！　届いたのね！　なんていいタイミングかしら！」

ヴィオレッタは急いで玄関へ戻る。

屋敷の前から遠くの道まで、ずらっと商団の荷馬車が連なっていた。

「――ヴィオレッタ様」

ヴィオレッタに声をかけてきたのは、商団の中でも特に身なりのいい、すらりと背の高い黒髪の男性だった。小麦色の肌と、深い琥珀色の瞳。どこか異国の香りが漂う雰囲気。

自信に満ちた成熟した笑みが、整った顔に浮かんでいる。

「まあ。マグノリア商会の副会長さんが直々に運んできてくださるなんて、感激です」

ヴィオレッタは心から感激する。

（ディーン、本当に立派になったわね）

最初に会った時は顔を隠していた少年が、こんなに立派な紳士に育つなんて。

ディーンは成長と共にあっという間に洗練されていき、貴婦人方にも密かに大人気になっていった。商会の副会長に任命された時は本当に驚いたし、祝いの品も送った。

そしてこんなところまでやってきてくれるなんて。

「ヴィオレッタ様のお役に立てるのなら、地の果てまでも喜んで」

「まあ、お上手ですのね」

「本心ですよ。それでは、積み荷を確認していただけますか？」

サンプルの入った袋を受け取る。中には、乾燥した草の屑が入っている。

もちろんただの草ではない。

――海藻肥料だ。

（海と土の香りがする……これなら、冬の間に土の中で完全に熟成してくれるわ）

手でも触れて、状態をしっかり確認し、顔を上げる。

「さすが、品質がいいですね。完璧、超一流です」

いつも持ち歩いている小切手帳を取り出し、さらさらと金額を記入してサインする。

「ではこちらで」

「――確かに。ですが、いささかお約束の金額より多いですね」

「品質がいいので上乗せさせていただきました。今後ともよろしくお願いしますね」

「こちらこそ」

「では、どんどん荷下ろししてください。すぐに使うので、倉庫に入れなくて大丈夫です」

手続きを進めていると、セバスチャンがおろおろとしながら詰め寄ってくる。

「奥様、これはなんなのですか」

「わたくしが手配していた海藻肥料です」

「海藻？」

「侯爵領には幸いにも海に面した地があるでしょう？　そちらから取り寄せました」

結婚が決まったあと、ヴィオレッタは最初に相手の領地の現状を調べた。資料を見るだけではなく、実際に何度もヴォルフズ領にクロに乗ってやってきて、土地の状況を確認した。

そして、実りの少ない大地を見た。

まず大量の肥料がいると考えたヴィオレッタは、海岸沿いの村まで飛んでいき、漁の邪魔にしかならない海藻を適正価格で買い付けた。

食べられもせず、いままで金にならなかったものに値が付くのだ。皆、喜んで売ってくれた。肥料にするための熟成の依頼も快く引き受けてくれた。

運送は昔から付き合いのあるマグノリア商会に依頼した。

「もちろん支払いはわたくしがしますので、ご心配なく」

ハニーチーズケーキも、スミレの砂糖漬けも、『カフェ・ド・ミエル・ヴィオレ』も、ハンバーガーとライスバーガーの店『バーガーグレインズ』も王都で大ヒットしたことにより、ヴィオレッタは莫大な個人資産を得ていた。

しかし資産はただの資産。活用しなければ意味がない。

いまヴィオレッタは、ヴォルフズ領に大胆に投資することを決めている。

小麦の収穫量を増やし、この地を豊かにすると決めている。そのための投資は惜しまない。

もちろんそのうちリターンもしっかり手に入れるつもりだ。

「いったいいつ手配を？　それに、なんのためにこんな――」

「結婚前にです。そして、これは肥料にします。海藻肥料は大地の力を回復させるのに、とっても効果的なんですよ」

そう書かれた農業書があり、実家のヴィオレッタ畑でも実験してみたところ、良い効果が出た。

「さあ、これからもどしどし運ばれてきますから、冬が来る前にどんどん撒いていきましょう！　場所は、いまの休耕地です！　海藻肥料を撒き終わったら、今年小麦を収穫した場所にクローバーの種を蒔きます。こちらもどんどん運ばれてきますから、どんどん蒔いていきましょう！」

冬の前に肥料撒きを終わらせておかないと、肥料が土の中で完全熟成されない。

そうなるとせっかくの農作物がうまく育たなくなってしまう。

だから無駄にできる時間は一秒だってない。

ヴィオレッタは使用人たちの目を覚まさせるように、手をパンパンと叩く。

「さあ、早速人員を手配してください！　旦那様は、わたくしの自由にしていいとおっしゃいましたわよ!!」

使用人たちは言葉を失ってヴィオレッタを見ていた。

――この奥様、とんでもないなという表情をしている。

だが、領主であるエルネストが、ヴィオレッタの好きにさせるように言った。

領主不在のいまのこの地で一番偉いのは、間違いなく領主夫人のヴィオレッタなのだ。

「さすがにすべての農地の分の量はないので、できるところから少しずついきましょう。計画、実行、評価、改善！　さあ、どんどん行きますわよ！」

「流石ヴィオレッタ様。更に輝きを増していらっしゃる」

　ディーンが楽しそうに言う。

「ふふ、ありがとうございます」

「また面白い話がありましたら、是非ご連絡ください。会長も待っておられますよ」

「ええ。その時はクロに乗って飛んでいきますね。ところで、もうひとつお願いしていたものはどちらに？」

「もちろん、最上級のものを持ってきています」

　ディーンは優雅に微笑み、積み上げられている大量の樽を指差す。

　ヴィオレッタは目を丸くした。

「……少し、頼んだ量より多いのでは？」

「会長と私からの結婚祝いです。ヴィオレッタ様には大変お世話になっていますから。困ったことがありましたら、何でもご相談ください。あなたは大切な恩人ですから」

「ありがとう。でもいまは大丈夫よ。わたくし、いまとってもわくわくしているの」

「無用な心配でしたね」

　ディーンは少しだけ寂しそうな目をしたが、すぐに優雅な笑みを浮かべた。

「ここでも超超超一流の品ができる日を楽しみにしています。あなたの光が更に輝かんことを」

そう言って、宮廷式の完璧な礼をする。

「今後とも、マグノリア商会をご贔屓に」


数日かけての小麦の刈り取りが終わり、その後すぐに付近の領民総出で海藻肥料を来年小麦を植える予定地に撒いていく。

領民たちの顔には、未知の試みに対する戸惑いと不安、そしてわずかな期待が浮かんでいた。

もしかしたら本当に収穫量が増えるかもしれない——そんな期待が。

「みなさん、本当によく頑張ってくれました。これはささやかながら、わたくしからのお礼です」

予定されていなかった農作業を頼んだ詫びと礼に、ヴィオレッタは特別に酒を振る舞った。マグノリア商会が肥料と一緒に運んできてくれた、最上級のビールだ。

領民たちの顔に一瞬で笑みが溢れ、祭りのような騒ぎが続いた。

ヴィオレッタは皆が楽しんでいる姿を見届け、少し早めに屋敷に戻った。

(海藻肥料の散布は無事終了)

——夜。

ヴィオレッタは女主人の部屋で、日付と、天気、作業内容と所感を記録していく。

海藻肥料は春まで土の中。春が来て雪が解けたら、肥料が馴染んだ土地に小麦の種を蒔く。今年小麦を植えた土地には、クローバーの種を蒔く。

そして次の年には、ジャガイモやカブも育てていく。

（やるべきことはたくさんあるわ。それにしても、まだ秋なのに寒いわね……覚悟はしていたけれど、レイブンズ領とはかなり気候が違うわ）

エルネストも言っていた。この地の風は冷たいと。

この土地は王国の中でも北方に位置する。冬は長く、寒さも厳しく、雪も深いという。

温暖なレイブンズ領でのやり方が通用するだろうか。

もっといいやり方や、適した作物があるのではないだろうか。

（土地のことは土地の人に聞かないとね。積極的に視察に行って、たくさん話を聞きましょう）

考えていると、寒さで身体が震えてくる。

暖炉を焚いてもらおうか。いや、まだ冬にもなっていない。一人のために燃料代をかけさせるのはいかがなものか。

どうしようかと悩んでいると、メイドが白く輝くキツネの毛皮を持ってくる。

「奥様、どうぞこれを」

「これは……？」

一目でその上質さがわかる。最上級の毛皮のコートだった。これだけの代物は、王都でもなかなか手に入らないだろう。

「旦那様が、寒いこの地での奥様の生活を想って、特別に準備されたものです」

「…………」

毛皮を羽織ると、ふわりと柔らかさと暖かさが身体を包み込む。

ヴィオレッタは深く息を吸った。

（やさしいのか、そうでないのか、よくわからないわ）

――夫であるエルネストが何を考えているのか、本当によくわからない。

ただ、この毛皮は暖かい。大切に使おうと心に決めた。


翌日、ヴィオレッタは朝食時に執事のセバスチャンに声をかける。

「この地の方々は、冬の間は何をするの？」

「冬は狩猟が主となります。旦那様も狩猟の名人なのですよ。奥様のお召しになられている毛皮も、旦那様が仕留められたものです」

羽織っている白いキツネの毛皮を見つめる。

「まあ……お礼の手紙を書かないといけませんね」

「それはきっとお喜びになられるでしょう」

――それはどうだろうか。読まれずに捨てられるかもしれない。

それでも、礼儀は通しておくべきだ。

「エルネスト様は王都でどんなお仕事をされているの？」

「詳しいことは私共にもわかりません」

結婚が決まった時にオスカーから聞いた話では、ヴォルフズ家には女王陛下直々の任務があるらしい。詳しい内容は明らかにされていないが、忙しいのは間違いない。

領地運営にまったく手が回っていないところから見ても。

(執事にも明かせないなんて、よほど重要なお仕事なのでしょうね)

――この国の貴族は、何らかの異能を持っていた。しかし、時代の流れと共にほとんどは失われ、もしくは弱体化していってしまったらしい。

だが、レイブンズ家が鳥類と心を通わせられる異能をまだ持ち続けているように、エルネスト・ヴォルフズも異能を持っているのだろうか。その異能を活用する仕事だろうか。

――なら、そちらに思う存分集中してもらおう。

(わたくしは、こちらで思う存分自由にさせていただきましょう)

ヴィオレッタは毛皮を撫で、顔を上げた。

「セバスチャン。領地運営に関する帳簿を見せてもらえる?」

「かしこまりました。では、執務室へ参りましょう」

執務室にまで移動し、ソファを勧められる。座ると、前のテーブルに大量の帳簿が積まれていく。

「とりあえず十年前の分から、去年の分までです」

「ありがとう。何かあれば呼ぶから、仕事に戻って」

「かしこまりました」

ヴィオレッタは部屋で帳簿を追っていく。そのうちに、頭が痛くなってきた。

（毎年赤字ギリギリ……王室からの援助でなんとかなっている状態ね。この援助が、エルネスト様の働きへの報酬ということかしら……）

——莫大な金額である。本当に、いったいどんな仕事をしているのだろう。

（知らない方が賢明ね）

教えてもらえないということは、知らなくても問題ないということだ。

それはそれとして、当主が出稼ぎをして領地を支えている状態というのは健全ではない。

当主に何かあれば、没落一直線である。

（財政状況が急激に悪化したのは……三年前）

——三年前。

当時の当主夫妻が側近と共に事故死し、十八歳のエルネストが爵位を継いでからだ。

次期侯爵としてずっと勉強していただろうが、彼はあまりにも若かった。

せめて父親の側近たちが生きていれば、支えてくれたのだろうが。

更に運が悪く、天候不良による凶作が続き、税収が落ち込んだ。先祖代々の財産を処分し、土地や鉱山の権利を抵当に入れて、なんとか回していた状態のようだ。

頭を抱えるヴィオレッタの足元に、ふわりとあたたかな感触が触れる。

驚いて目を開けると、足元に金色の毛並みの犬が寄り添うように座っていた。

「アンバー、きみはいい子ね」

ヴィオレッタは笑みを零し、アンバーの毛並みをそっと撫でる。

少し心が落ち着いて、また書類と――現実と向かい合う。

（希望はあるわ。借金はわたくしの持参金で全額返済できたから、土地の権利関係は大丈夫。それに、この地は手つかずの大地。手をかければかけるだけ伸びてくれる。そのためにも――）

ヴィオレッタは立ち上がり、一階の台所に向かった。

そこでは料理人であるテオが、ジャガイモの皮むき中だった。

「どうなさいました、奥様。昼食はまだまだですよ」

「わたくし、揚げたてのドーナツを食べたいわ」

――腹が減っては戦はできぬ。

まずは、美味しいものを食べて元気を出すことが先決だ。

「ドーナツ、ですかぁ？」

「小麦粉とふくらし粉と卵とバターとハチミツを混ぜて、油で揚げるお菓子よ」

「はあ……それなら材料がありますが」

早速テオが材料を混ぜ合わせていく。本当はドーナツ型を使って穴あきドーナツをつくりたいが、ここには型がないので生地をスプーンですくって、熱された油の海に投入してもらうことにする。

大きな鍋に料理用の油を入れて、火にかけ、温度を上げる。油の表面が静かに揺れ始め、熱気が台所に広がると、テオがドーナツ生地をすくって落とす。

ぷくぷくと小さな気泡が浮かび上がり、生地がゆっくりと膨らみ始める。しばらくすると軽快な音と共に、甘い香りが漂ってくる。

両面が均等に美しい色になってから油から上げると、熱々のドーナツの完成だ。

余分な油を落とし、少し冷めてから味見する。外側のカリカリとした食感と、内側の軽やかな食感に、ヴィオレッタは顔をほころばせた。

「とっても美味しいわ。テオ、あなたは天才よ」

少しの説明だけでこんなに美味しく作ってしまうなんて。

「奥様にそう言っていただけると光栄ですねぇ」

「少し甘味が足りないわね……もっと強烈な甘さが欲しいわ……そうだわ！　仕上げに砂糖をたくさんまぶすのはどうかしら？」

「ちょっ、奥様、そりゃ贅沢すぎるってもんです！　執事さんに怒られます！」

「そういえば、そうだったわね……砂糖はとっても貴重品よね……」

実家では砂糖を自由に使えていたが、あれは物流の豊かな王都で、裕福な実家だからこそできたことだ。この地では高価――それ以前に、物自体がない。

（今度砂糖を手配しないとね……）

輸送費はかかるが、必要経費だ。甘味は必要不可欠な存在なのだから。

「それにしても、揚げ具合も完璧で、とても美味しいわ。さすが侯爵家の料理人ね。昨日の焼きリンゴも最高だったわ」

「いやいや俺なんて、たまたま料理がちょっと好きなだけで、全然たいしたことないっす」

「好きという気持ちは、とても素晴らしい才能よ？　わたくし、考えることや食べるのは好きだけれど、作るのはどうにもうまくいかないもの」

自分で料理をしてみようとしたことはあるが、不思議とうまくいかない。野菜を大きく切るくらいが精いっぱいで、皮むきもできない。

「……ところで、そのジャガイモは何してくださったんですか？」

テオがドーナツを揚げている間に、ヴィオレッタはジャガイモを細長く切って水にさらした後、水気を切って小麦粉をまぶしていた。料理が苦手でもこれくらいはできる。

「せっかく油を用意するのだから、ポテトフライも作ろうと思って」

「イモを揚げるんですか？」

驚くテオの姿に、ヴィオレッタも驚いた。

まさか、ジャガイモを植えている地方の料理人が、ポテトフライの存在を知らないなんて。

（油も貴重品だから？）

なら、ぜひ食べてみてもらいたい。

「じゃあお願いね」

下準備した材料を渡し、揚げてもらう。

いい感じで揚がってきたら、一度油から上げる。そしてもう一度揚げてもらう。二度揚げすることで水分が飛んでカリカリになるのだ。

仕上げに岩塩を砕いたものをかける。

「これで完成よ。さあ、食べてみて」

テオはごくりと喉を鳴らし、ポテトフライをひとつ食べる。

くわっと目が見開かれる。

「ふぐっ……奥様、これすげえうまいっす！」

「よかったわ。ドーナツと交互に食べると、もっとすごいことになるわよ」

「……こりゃ、甘いものとしょっぱいものの無限ループだ！　互いの後味が良さを引き立て合って、奥様こりゃあ危険すぎます！」

「悪魔みたいに魅惑的でしょう？　賄いにも出してあげてね。ちなみに油にたっぷりラードを入れてポテトを揚げると、もっと美味しくなるわ」

「これ以上っすか？　絶対やってみます！　みんな喜びますよ！」

「ええ、お願いね」

ヴィオレッタはドーナツとポテトフライですっかり満たされて、台所を出る。

「セバスチャン、セバスチャンはいる？」

「はい、こちらに」

廊下で声を上げると、背後から声がした。

振り返ると、そこにセバスチャンが立っている。一体いつ、どこから現れたのか。

「……気配を感じなかったわよ？」

「執事たるもの、主人の声にすぐさま反応できなければ務まりませんので」

「そ、そうなのね。素晴らしいことだわ」

なんとなく、日本の忍者を思い出す。

「わたくしは、これから領地の視察に行ってくるわ」

「それでは、護衛と馬車を用意しましょう」

「いいえ。わたくしにはクロがいますから」

クロは誰よりも頼れる護衛であり、なによりも速い翼だ。

ヴィオレッタは部屋に戻り、騎乗服に着替える。

（嫁入り道具に持ってきていて良かったわ）

元物置――現在はクロの小屋――に行き、クロに鞍を付けて連れ出す。今日もとても元気そうだ。

「行きましょうか、クロ」

クロに乗って秋の空を飛ぶ。上空から見るたびに、ヴィオレッタはこの地の広さを実感する。

そして、王都やレイブンズ領と比べてかなり涼しいことを実感する。気候の違いもあって生えている植物の顔ぶれも違う。

（うん、やっぱり、レイブンズ領と同じようにはいかないでしょうね。わくわくするわ！）

道が険しければ険しいほど、やりがいがあるというもの。

（あら……あそこは役所かしら……かなりボロボロだわ）

街の中心部にある役所を眺める。全体的にかなり年季が入っていて、遠目にも傷んでいることがわかる。

（早く修繕しないと大変ね……そう言えば、屋敷の方もあちこちガタが来ている気がするし……本当、やることがたくさんね！）

ヴィオレッタはますますやる気を出して、更に遠くまで飛んでいく。

気持ちよく飛び回っていたその時、クロが急に下へ行こうとする。

「クロ、どうしたの？　もしかして、わたくし重い？」

おやつを食べすぎただろうか――心配しているうちにクロはあっという間に降下し、民家の前に降り立つ。

小さな村の外れにある、小さな家。隣に家畜小屋が建っていて、牛の鳴き声が聞こえてくる。小屋の前では犬が警戒しながらこちらを睨んでいた。この地方、番犬を飼っている家がとても多い。

家の軒先には、ダイコンのような――カブのようなものが、ずらりと吊るされていた。

クロはヴィオレッタを乗せたまま、それに向かって歩いていく。

「ちょっとクロ、ダメよ。落ち着きなさい」

手綱を引いてやめさせようとするが、止まらない。

どうしたことだろう。農作物は食べてはいけないと躾けているのに。クロの目はカブのようなものにすっかり釘付けだった。番犬が吠えているのに、まったく気にしていない。

「クロ、クロったら！」

「コラァ!!　なにやってんだオメエら！」

家畜小屋の方から農夫が飛び出してくる。大きな農業用のフォークを手にして。

「ああーっ、すみません、すみませんっ！　すぐに出ていきますから！　ほらクロ！」

クロを軒下から引きはがそうとするが、どうしても引き下がらない。

恐ろしい執着だった。

「なんだぁ？　甘カブが気になんのか。しかたねぇなぁ」

農夫はそう言うと、甘カブと呼んだそれを一つ取り、クロの口元に持っていく。

クロは目をキラキラと輝かせて食いつき、美味しそうにゴリゴリと食べる。

「あ、ありがとうございます。ご迷惑をおかけします……」

「いやいや。にしても牛用の甘カブを、こんなでっかいカラスが喜ぶなんてなぁ。うまいもんがわかんのかなぁ」

農夫はどこか嬉しそうに笑っている。

「甘カブ？」

初めて聞く野菜だった。

「ああ。甘い汁が出るんで、牛の食いつきがいいんだよ」

――その瞬間、記憶の底にある何かと、思考の中にある何かが繋がった感覚があった。

全神経が澄み渡り、視界が、嗅覚が、脳が、覚醒する――

（なに……この感覚……わたくし、この野菜を知っているような……）

ごつごつとした、ダイコンとカブの間のような根菜――甘カブ。

「こちらは、人間も食べられるんですか？」

「いやいや、煮るとまずいし、生だと甘ぇは甘ぇが、土臭くて食えたもんじゃねぇよ。葉は食えるけど、それもだいたい牛のエサだな」

どうやら、純粋に家畜用のエサのようだ。

「この甘カブは、この地方でしか作れないのかしら。わたくしの生まれた土地にはなかったので」

「いやぁ、わしにはよくわからんが、よそで作ると、ほとんど甘くならねぇんだとよ。だから、先祖代々、ここだけでつくっとる」

農夫は誇らしげに胸を張る。

（甘いカブ……もしかして、砂糖大根……？　ビート……？　——てんさい？）

——てんさい糖。

「これよ、これだわ！」

探し求めていたものが、いま目の前にあるかもしれない。

ヴィオレッタは大興奮しながら農夫を見る。

「わたくしも一ついただいていいですか？　もちろん代金はお支払いします」

「金なんていいよいいよ。一つと言わず好きなだけ持っていきな」

「——では、次に来た時にお返しを持ってきますね。ありがとうございます！」


屋敷に戻ったヴィオレッタは、農夫から受け取った甘カブを手に、台所へ向かう。

そこでは料理人テオがポテトフライを摘まんでいた。

「あ、奥様。食事はとっくにできてますよ」

「ありがとう。でもまだ満腹よ。ところで、包丁とまな板と、鍋を貸してもらえる？　あと、お湯を沸かしておいて」

ヴィオレッタは甘カブをよく洗って汚れを落とし、皮をむき、小さく四角に切っていく。

作業中に、みずみずしい質感と、ほんのりとした甘さを感じる。

しかしやはりどこか土臭い。煮るとまずいということは、アクが強いということだろう。

「できるだけアクが出ないようにしたいわね……」

甘カブを煮立たせず、湯を入れて糖分が溶け出すように試みた。

テオに沸かしてもらった湯を少しぬるくして、ゆっくりと甘味成分を引き出していく。甘カブが柔らかくなってきたら、布でしっかりと包んで汁を絞り出す。そうすると、とろりとした甘い湯が出来上がった。

（いい感じじゃない？）

ヴィオレッタは次に鍋を火にかけ、甘い湯を煮詰めた。水分を飛ばすため、木べらで混ぜながらコトコト煮詰めていく。

その間に、昼食を食べる。

時間が経つにつれ、水分量が減って粘度が増していく。

糖分が焦げているのか、少しずつ茶色になっていくが、ヴィオレッタはひたすら煮詰め続けた。

最後に、煮詰めた液体をバットに広げ、冷ましながら乾燥させる。

完全に冷めて固まり、飴状になったところで、ヴィオレッタはそれを砕いた。

なんとなく、米の精米作業を思い出す。

(美食のために——砕くべし、砕くべし、砕くべし)

ガンガンと砕いている間に、やがてさらさらとした砂状になってくる。わずかに黄味を帯びた、輝かしい砂に。

一口舐めて、ヴィオレッタは深く微笑む。

「味見してみて?」

テオにも味見させると、驚きで目を見開いた。

「こ、これは——砂糖じゃないですか!」

「やっぱり、料理人の舌でも砂糖なのね」

「奥様、これはいったいなんなんですか!?」

「これは新時代の砂糖——」

「新時代の砂糖?!」

「そうよ。わたくしはこれを、黄金糖と名付けるわ!」

砂糖——これからは白砂糖と呼ぶことにする——は国外からの輸入品であり高級品だ。庶民まではなかなか浸透していない。侯爵家ですら貴重品扱いなのだ。

ハチミツもどうしても生産量が限られている。大量生産しようにも、天候や気候、ミツバチたちの状態に左右されて味が安定しないとレイブンズ領で学んだ。持ち運びも難しい。

この黄金糖は、砂糖とハチミツどちらの問題も解消できる可能性がある。

ヴォルフズ領で黄金糖の大量生産が可能になれば、白砂糖やハチミツよりも安価で、味と量が安定していて、運搬が楽で、流通が容易な黄金糖が瞬く間に普及していくだろう。

人々は、この透き通った甘さを一度知れば、もう忘れることができなくなる。

甘い誘惑に耐えられなくなる。

——需要はある。無限大に。

この甘さで世界を征服できる。

「あんなカブから砂糖……いや黄金糖を作り出すなんて……奥様すげえ！　すげえよ!!」

「ふふっ、うふふふ……」

——まずは、大量に甘カブを育てていく。

段階的に量産体制を整え、いずれは工場をつくって、大量生産する。

工場ができれば人を雇うこともでき、領民たちに仕事を提供できる。

「——さあ、一大プロジェクトの始まりよ！　黄金糖量産プロジェクトよ！」

「なんだってぇ！　砂糖が食べ放題、使い放題にぃ!?　そ、そんなことになりゃ——革命だ！」

「そう、これこそレボリューションよ!!」

食の新時代の夜明けだ。

その時、バァンッと激しい音を立てて、執事セバスチャンが台所に入ってくる。

「奥様ぁ！」

「あら、セバスチャン。どうしたの？」

「いきなり出ていかれて、やっと戻ってこられたと思ったら、台所で料理人と大騒ぎ。このセバスチャン、もうそろそろどこから旦那様に報告していいかわからなくなってまいりましたぞ！」

「全部報告すればいいじゃない。好き勝手に買いものばかりしているとか、領民たちを無理やり働かせたとか、供もつけずに遊び回ってばかりとか」

ヴィオレッタが言うと、セバスチャンはショックを受けたように身体をわななかせた。

「そのような――そのようなことは、事実ですが……奥様がこの領地を思ってくださっての行動だということは、このセバスチャンも理解しております」

嘆きながらそっと目許をハンカチーフで拭う。

「ご自分を悪いように言うのはおやめください……」

「そ、そうね。ごめんなさい、セバスチャン」

――エルネストがあの調子だったので、てっきり侯爵家の使用人たちもヴィオレッタを「ふしだらな悪女」と軽蔑しているのだと思っていたのだが、どうやら違うらしい。

執事のセバスチャンも、メイドも、料理人も、領民たちも。

皆、ヴィオレッタに親切だ。

（ここの皆はあの噂を知らないのかしら？　……エルネスト様は、執事にも黙っていてくださっているのね。わたくしのことを、一応、パートナーとして尊重してくださっているのかしら？）

少し、不思議な気分になる。

「ところでこれを食べてみてくれる？」

皿に載せた黄金糖を差し出すと、セバスチャンはほんのわずかに指先に取り、舌に載せた。

「……甘いですな」

「でしょう？」

「砂糖でしょうか？　少々色と風味が違いますが……」

「そのとおりよ。こちらは黄金糖。新時代の砂糖よ」

「新時代の……砂糖？」

「さあ、出かけるわよ、セバスチャン！　馬車と護衛を用意なさい！」

「話が見えませぬ……」

「執事さん！　甘味レボリューションですよ！」

テオの大興奮した声が台所に大きく響く。

「話がまったく見えませぬ」

「詳しいことは馬車の中で話すわ。あ、でもその前に、ドレスに着替えておきたいわね。貴婦人だと一目でわかるようなものがいいわ。さあ、急ぐわよ！」

普段着のドレスから、外出用の貞淑なドレスに着替え、ヴィオレッタは侯爵家の馬車に乗る。

ヴィオレッタが地図で説明した場所へ向けて、馬車が移動していく。

「今度は何をなさるおつもりですか」

セバスチャンの問いに、ヴィオレッタは自信たっぷりに答えた。

「特産品開発よ。その場所でしか生まれない特産品って、そこにしかない物語があって素敵よね」

「はあ……」

「先ほどの黄金糖、あれを量産したいの」

「黄金糖を……量産？」

セバスチャンの表情に驚きが浮かぶ。

「うまくいくかはわからないけれど、とりあえず全力で進めてみるわ」

これからのことを想像するだけで、わくわくする。

新しいことを始める時は、いつも心が躍る。

「……奥様」

「何かしら？」

「奥様は、この地のためにどうしてそこまでしてくださるのですか？　私財を擲《なげう》ってくださり、惜しみなく労力を注いでくださるのは何故でしょう……？」

「…………」

「やはり、旦那様への愛なのでしょうか？」

「ロマンチストね、セバスチャン」

ヴィオレッタは苦笑する。

政略結婚で――しかもあの初夜を知っていたら、そんな言葉は出てこないだろう。

「わたくしは、やりたいようにやりたいだけよ。美味しいものを食べたいし、広めたい。皆が幸せになって、美味しいものが食べられて、お金がたくさん儲かったら……」

　ヴィオレッタは馬車の外の景色――先日、海藻肥料を撒いた土地を眺める。

「とても素敵だと思わない？」

「奥様……」

「ところで、今日色々と上から見てきたけれど、中央役所がかなりボロボロよね？」

「は――はい、来年の農閑期に修繕予定です」

「今年の農閑期ではできないの？」

　訊くと、セバスチャンはそっと自分の額をハンカチーフで拭う。

「今年は屋敷の修繕をいたしますので。奥様がいらっしゃる前に最低限は修復しましたが、いまだ傷んでいる個所も多く……」

「駄目よ。屋敷よりも役所の方がボロボロだもの。そちらの修繕を優先させて。屋敷の方は、今年はいまのままで充分よ」

「ですが、奥様」

　セバスチャンは渋っている。屋敷を預かる執事として、そちらを優先させたいのだろう。

　だが、ヴィオレッタもここは引けない。

「万が一の災害があった時、お屋敷か役所が避難の中心になるわ。領民を守る最後の砦は、一つより、二つの方がいいわ。役所の方が位置的にも領民が頼りやすいしね」

「……それは、そうですが……」

「屋敷の方は応急処置をして、本格的な修繕はまた次ね。いいでしょう？　エルネスト様も戻って来られないのだし、お客様が来られる予定もないでしょう？」

もし客が来るのなら、客室や表に見える範囲の修繕を最優先しなければならないが。

「ありません」

はっきりと言い切る。

「それでは、決まりね。わたくしがすべての責任を取るわ。使用人の皆にはもう少し不便をかけてしまうけれど、ごめんなさいね」

「いえ、それは大丈夫でしょう。皆、不便と貧乏には慣れています」

「ふふっ、笑えないわよ」

ヴィオレッタは苦笑し、再び馬車の外の景色を眺める。

「でもきっと、未来は明るいわ」


二時間ほどかけて、馬車が目的地に到着する。あの家の前では、農作業中の農夫がいた。貴族の馬車がやってきたことに驚いているようで、その場で直立不動状態になっていた。

ヴィオレッタはセバスチャンの手を借りて、馬車から降りた。

農夫と目が合い、微笑む。

「あっ……あんたはさっきの、でっかいカラスに乗ってた変な姉ちゃん――？」

「こちらは侯爵夫人様です」

「侯爵夫人様ぁ?!」

セバスチャンの言葉に、農夫が後ろにひっくり返る。

「わたくし、ヴィオレッタ・ヴォルフズと申します。あなたのお名前を教えていただけますか？」

「ト……トムでさぁ」

「トムさん。先ほどの甘カブ、わたくしも育ててみたいんです。うまくいけばいずれは領地中で。そのために、種を少し分けていただけないでしょうか？」

ヴィオレッタはトムに近づき、前にしゃがんで微笑みかける。

「それから、できたらトムさんには甘カブの栽培顧問をお願いしたいんです。わたくしたちに、甘カブの栽培方法を是非伝授していただけないでしょうか？」

「わ、わしが領主様のお役に立てるなら……」

「ありがとうございます」

ヴィオレッタはまず分けてもらった甘カブの礼として、持ってきた高級な酒をトムに贈る。

その後、簡単に甘カブ栽培の計画について話し合い、好待遇を約束して帰路についた。


――本格的な冬が迫ってくる前に、ヴィオレッタの実家から米俵が三俵届く。

「新米、新米だわ！」

食糧倉庫で藁の匂いを嗅ぎながら、ヴィオレッタはうっとりと米俵を眺める。

蓋を外して、中の新米を取り出してみる。今年の出来もとてもいい。よく膨らんでいて、色艶もよく、とても美味しそうだ。

早速テオを呼ぶ。

「奥様、これはなんなんですか？」

「米よ。この殻を取って料理するの。中の茶色い膜を剝がすと、真っ白なお米が出てくるわ。ただ、この膜を剝がすのがとても大変なんだけれど……」

レイブンズ領では水車小屋で精米する仕組みができているが、ここでは瓶に入れて棒で突きまくるぐらいしかない。精米してから送ってもらうことも考えたことがあるが、それだと長期の保管ができなくなるので諦めた。

「とりあえず炊き方を教えます。台所に行きましょう」

六年間炊いてきたことにより、炊飯方法はかなり確立されてきた。

籾殻を取り、ある程度糠を取って、水でよく洗って一晩吸水させる。

翌朝、水を入れ替えて、少し塩を入れて、鍋で炊飯する。重要なのは水加減と火加減だ。蓋を閉め沸騰させ、その後は弱火で約三十分。音が変わってきたら一瞬だけ強火にして、火からおろす。

粗熱が取れるまで充分に蒸らしてから、ようやく蓋を開ける。

白い蒸気と共に甘い香りがふわっと漂う。

ヴィオレッタは頬を緩めながら、味見をする。やはり、柔らかくて、甘くて、美味しい。

（ああ……なんて幸せなのかしら……）

ヴィオレッタは大満足だったが、テオは微妙そうな表情をしていた。

「スープの具にでもしてみますかねぇ……」

「色々と使ってみてもらえると嬉しいわ。全部食べるから」

「好きなんですねぇ」

「ええ、とても。ただ、他の人の口には合わないかもしれないから、無理はしないでね。あとで、いままで作った料理のレシピを持ってくるわ」

テオはやはり料理人としての腕がよかった。ヴィオレッタの持ってきたレシピを次々と再現してくれた。ヴィオレッタはここでも、美味しいお米を食べることができた。


――日々寒さが深まっていき、この地で初めて過ごす冬がくる。

ヴィオレッタは白キツネの毛皮を常に身に纏い、屋敷にいる時は一日のほとんどを暖炉の前で過ごした。

冬は農作業が休みなので、帳簿を見たり、クロと遊んだり、役所の修復工事の様子を確認したり、街で子どもたちと遊んだり、雪遊びを教えてもらった。

ヴィオレッタが提案した本格的な雪合戦は、いまや子どもたちだけではなく、大人同士でも流行していているらしい。

（いずれは、大会形式にしてもいいかもね。きっと盛り上がるわ）

教会でシスターたちとハニードーナツをつくって、子どもたちに配ったりもした。

「おくさま、ありがとうございます！」

ハニードーナツは子どもたちに大好評だった。

輝くような笑顔をたくさん見せてもらえて、ヴィオレッタの方が暖かく満たされた。

（子どもって本当にかわいいわ）

この子たちのためにも、領地をもっと発展させようと思った。

そして、自分に子どもがいれば、どれほどかわいいだろうと思ったりもした。

（エルネスト様にそのつもりがないから無理ね）

さすがに子どもをひとりで産むことはできない。

少し寂しいが、仕方ないものは仕方ない。

（侯爵家の跡継ぎはどうなさるおつもりなのかしら……まあ、わたくしの考えることではないわね）

ヴィオレッタとの間に子どもをつくらない以上、他の方法を考えていることだろう。


――春が訪れて雪解けを迎えると、小麦とクローバーの種を蒔く。どちらも順調に発芽し、日を追うごとに緑の絨毯が広がっていった。

「こんなに力強い小麦畑を見たのは初めてです」

セバスチャンが感嘆の声を上げる。

「海藻肥料と皆の頑張りのおかげね」

クローバー畑に佇みながら、ヴィオレッタは微笑んだ。

風が吹くと、白くて小さな花から甘い香りが漂ってくる。

「ああ、なんていい香り。ふふ、夏と秋のハチミツが楽しみね」

もちろん養蜂の準備もしてある。

黄金糖プロジェクトも走り始めたが、依然ハチミツも重要な資源だ。

（甘カブは今年は種を取ることが最優先だから、黄金糖の量産は来年からだものね）

この地で、無駄にしていいものなんて何ひとつない。

すべてを活用するつもりで、ヴィオレッタは考え、動き続けた。


夏に近づくにつれ、小麦が大きく育ってくる。

ヴィオレッタが嫁いできて、もうすぐ一年。一年目の成果がもうすぐ出る。

上空から畑の様子を視察しながら、豊作の予感に胸を膨らませる。このまま大きなトラブルなく、収穫の日を迎えたい。そうして来年は、ジャガイモと甘カブもたくさん育てるのだ。

クローバー牧草も順調に育っているので、冬に家畜の数を減らさなくてもよくなるだろう。どんどん労働力が増えて、土を耕すのがもっとスムーズになるはずだ。

「これからこの地は、もっともっと豊かになるわ」

確信を持ちながら、ヴィオレッタはクロと共に屋敷に戻った。

「奥様、来月には旦那様がお戻りになられます」

ヴィオレッタを玄関で出迎えたセバスチャンが、そう告げる。

「旦那様……？　……ああ、そういえばわたくし、結婚していたのだったわ」

「旦那様……おいたわしや」

そっと目許をハンカチーフで拭う素振りをする。

「冗談よ。実感がないのは本当だけれど」

何せ毎日が充実しすぎている。

それに一年も顔を見ずにいれば、印象が薄くなっても仕方ない。

手紙を書いたのも最初の一度だけだし、その手紙への返事も来なかった。

(何をしに帰ってくるのかしら……でも、あの風景を見れば、きっと驚いてくれるでしょうね)

来月は、小麦の収穫間近だ。黄金に輝く豊作の小麦畑を見れば、エルネストもきっと驚くだろう。

その様子を想像すると、微笑みが零れた。

「あら、でも困ったわ。屋敷の修繕予定箇所がそのままよね」

屋敷の傷んだところはまだ応急処置のままだ。屋敷を直す予定で組まれていた予算を、役所の修繕の方に回したと知られると、怒られるかもしれない。

「そちらの件は既に報告済みです」

「セバスチャン、あなた最高ね」

仕事が早くて的確だ。

「恐縮です。あと、奥様宛にいくつか手紙が届いております」

「わかったわ。部屋に届けておいて」

「承知しました。それと奥様、最近何か変わったことはございませんか？」

「変わったこと？」

特に思い浮かばない。

「実は近頃、使用人の間で変な噂が流れておりまして。曰く、この屋敷に幽霊がいると」

――幽霊。

「物がなくなっていたり、食料が減っていたりするようです」

「動物でも紛れ込んでいるのかしら。番犬たちの警戒を潜り抜けるなら、大したものね。わたくしの方には異常はないわ。被害が出ている使用人がいたら、ちゃんと補塡してあげてね」

「かしこまりました。それから――」

「まだあるの？」

「奥様用の予算がまったく消化されておりません」

「わたくし用の、予算？　そんなものがあったの？」

「もちろんでございます。奥様がドレスや宝石を購入される時用の予算が、そっくりそのまま残っております。このままでは旦那様に面目が立ちませぬ。どうかお使いいただけませんか」

目を丸くする。まさか、贅沢をするように言われるなんて。

それにしてもまさか、領主夫人用の予算があったなんて。存在を知っていたら、もっと早く領地のために有効活用できたのに。

「ちょうどいいわ。それを屋敷の特にひどいところの修繕に回してもらって」

「……よろしいのですか？」

「もちろんよ」

「かしこまりましたが……それでも予算が余ります」

どれだけ予算が付けられていたのだろう。なんてもったいない。

「そうね。残った分は使用人たちに特別ボーナスとして配っておいて。ただし、使い道に条件をつけるわ。必ず冬までに使い切ることと、領地内のお店で使うこと。経済を回さないとね」

「奥様――それは、皆喜ぶでしょうが……よろしいのですか？」

「わたくしはいいのよ。こちらへくる前にたくさんドレスを仕立てたし、必要最低限の宝石は持ってきているから。それじゃあ、手配しておいてね」

その宝石だって、侯爵夫人の肩書きが必要な時だけしか着けていない。

農作業には、ドレスも宝石も必要ない。


――夜、ようやく今日すべきことが終わったヴィオレッタは、ランプの明かりで手紙をチェックしていった。

最初は淡いピンクがかった色の封筒と手紙。王都のレイチェルからの新米のお礼と、またくださいという内容が、可愛らしい丸文字とイラストで綴られていた。

（今年も喜んでもらえてよかったわ）

次は、マグノリア商会からの、また商談をしたいという手紙。最上級の紙に、流暢で美しい文字で綴られている。

新しい商品があるのなら、是非マグノリアに――という特段変わったことのない内容だが。

（……もしかして、黄金糖のことをどこかで聞いているのかしら？　だとしたら、やっぱり鼻が利くわね）

黄金糖の普及には商会の協力が必要になってくる。

付き合いが長く、信頼関係を築けているマグノリア商会にも力を貸してもらうことになるだろう。

返事の手紙は慎重に考えて書くことにしよう。

最後の手紙を手に取り、ヴィオレッタは眉を顰《ひそ》めた。

「差出人の名前が書いていないわね……」

こんな怪しい手紙をセバスチャンが何も言わずに運んでくるなんて、おかしい。疲れていて見落としたのだろうか。

――それとも、もしかしたら。

（エルネスト様から、とか……？）

淡い期待と怪しさを感じつつも、封を開ける。

中には真っ白な紙が一枚。几帳面そうな字で短い文章が綴られていた。

――エルネスト・ヴォルフズは浮気をしている。結婚前からの恋人と、いまも逢瀬を重ねている。

「……浮気？」

手紙には、それだけ書かれていた。

「……ふしだらな女性が嫌いだと言っておきながら、浮気……？」

心の中で疑問と怒りが渦巻き、手が震える。

（いえ、まあ、いいのですけれど。エルネスト様も跡継ぎをつくらなければならないですし……）

――仕方のないこととはいえ。

なんだか、すごく、馬鹿にされているような気がする。

（わたくしとの結婚は継続して、愛人との子どもをつくって、第二夫人として迎えるつもりかしら）

それが一番穏便に纏まりそうな気はする。

ヴィオレッタと離婚しないのだから、持参金を返す必要はない。後継者問題も解決。ヴィオレッタは自由に農業を続けられて、全員幸せ。円満解決。なのだが。

なんだか、とても、ムカムカする。

（あまりにもわたくしに失礼じゃない？　わたくしだけではなく、レイブンズ家にも！）

いますぐクロに乗って王都に乗り込んで、真偽を問いただしたいくらいだ。

（いえ、決めつけるのは早いわ。こんな匿名の手紙一通で、真実がわかるものですか）

ヴィオレッタは何とか心を落ち着けようとする。

そもそも、誰が、何のために、この手紙をヴィオレッタに送ってきたのか。

エルネストの浮気相手が、宣戦布告してきたのだろうか？

おせっかいな第三者が、わざわざ教えてくれたのだろうか？

（どちらにせよ気分が悪いわ。燃やしてしまいたいけれど、でも……何かの証拠になるかもしれないし……）

燃やすのはやめて、保管しておくことにする。

本当は、暖炉に放り込んで忘れてしまいたい。けれども、忘れられそうにない。

もし本当に浮気していたら、どうすればいいのだろう。

潔癖な彼が、結婚しても関係を断てないくらい、魅力的な女性なのかもしれない。もし本当にそんな女性がいるのなら、そのうち正式に離婚したいと言ってくるかもしれない。

（――それは、困るわ）

第二夫人を迎えるのも、愛人を持つことも、この際我慢する。

だが、離婚は困る。

（おかしなことね。最初に離婚しましょうと言い出したのは、わたくしの方なのに）

ヴィオレッタは苦笑する。

だが、四輪作も、黄金糖プロジェクトも、まだまだ道半ばなのだ。これからもっともっと大きく育っていく。ここで放り出すわけにはいかない。

（わたくしは、投資を回収したいし、この土地を豊かにしたい——黄金糖には成功してもらわないと困る）

ヴィオレッタは深呼吸し、窓の外を——月明かりの下で揺れる小麦たちを眺めた。

「そうよ、わたくしのやることは変わらないわ」

浮気の真偽よりも、離婚を切り出された時にどう対応するかの方が重要だ。

愛されようとは思っていない。

だが、自分の有用性は認めてもらわなければならない。

いったいどうやって、ヴィオレッタの価値を認めさせるか——

ヴィオレッタは頭を悩ませながら、眠れない夜を過ごした。

第四章　領主夫妻と収穫の秋

眠れない日々が続いても、毎日朝はやってくる。農繁期は怒濤のように過ぎていく。

特にいまは収穫に向けての準備が忙しく、休む暇もない。

ヴィオレッタは気分転換に、クロに乗って小麦畑を空から視察した。

美しい光景だった。実りに満ちた小麦は、黄金の海のようだった。

だが、大地の恵みを見つめるヴィオレッタの胸中は複雑だった。

（もう、いつエルネスト様が帰ってこられてもおかしくないのよね……）

──彼が帰ってきたら、自分の有用性を認めてもらわなければならないのに。

いったい何をどう話せばいいのか、いまだに考えがまとまらない。

自分たちは政略結婚で、しかも一年も顔を合わせていない。

（しかも、わたくしはエルネスト様に嫌われているし……）

どのような顔をして会えばいいのか、どんな話をすればいいのか。いまだに迷っている。

（農法のことならいくらでも話せるけれど、エルネスト様には面白い話ではないわよね。王都での話を聞く？　いえ、仕事のことは詮索されたくはないわよね）

やはり、自分の話をするしかない。

――だが、嫌いな相手の話なんて聞きたくないだろう。

（……詰んでいる……？）

こうなったらもう、エルネストの決断を待つしかないのだろうか。

（い、いいえ――それでは、ダメよ。離婚なんて嫌。浮気だって、してほしくない……）

それを素直に伝えれば、どんな顔をするだろう。

――きっと、すごく、嫌悪感に満ちた表情をするだろう。

エルネストにとってヴィオレッタは「ふしだらな悪女」のままだ。

「…………」

足元では、黄金の海が風に揺れている。

どこまでも続く大地――その遥か彼方には、レイブンズ領がある。

いっそこのまま逃げ出してしまえれば、どれだけ気が楽になるだろう。

「……クロ、そろそろ帰りましょうか」

――その時、波の狭間に黒い点が見えた。たくさん連なる馬車の姿が。

（エルネスト様が帰ってこられた――）

ヴィオレッタは急いで屋敷に戻った。

クロを庭に降ろし、お礼の水と食事を与え、急いでメイドに着替えを頼む。

「エルネスト様がもうすぐ帰っていらっしゃるわ。アニー、着替えをお願い」

「かしこまりました、奥様。気合いを入れて準備させていただきます」

「――気合いは、そこまで入れてもらわなくてもいいのだけれど。格好だけ整えてもらえれば」

「何をおっしゃいます。奥様の魅力を最大限に引き出すことこそ、メイドの使命。旦那様をびっくりさせて差し上げましょう」

アニーは急ぎながらも丁寧にヴィオレッタにドレスを着せた。ヴィオレッタが嫁入りの時に持ってきた、長く着ることのなかったドレスを。持ってきたものの全然使っていなかった宝石で身を飾り、貴族の妻の体裁を整える。

急いで玄関ホールに向かう。使用人は既に揃っていたが、エルネストはまだ到着していない。

息を整えていると、ほどなく玄関の扉が開く。

外の光が差し込み、馬車から降りてくるエルネストの姿が見えた。

――約一年会っていなかった夫との再会。

信頼関係などない、他人のような夫。

――しかも浮気疑惑もある。

どういう顔をしていればいいのか。強張る顔を、隠すように伏せたその時――

「ヴィオレッタ！」

エルネストが走ってくる。いつも落ち着いていた彼が、まるで少年のような顔をして。

「君はいったい、どんな魔法を使ったんだ!?」

声を高揚させ、両手でヴィオレッタの肩に触れる。瞳は興奮に満ち溢れていた。

「どんな奇跡で、この地にこんな豊かな実りをもたらせたんだ？」

エルネストにとって、黄金の小麦畑は、それほど衝撃的な光景だったらしい。

ヴィオレッタは嬉しくなって、自然と微笑んだ。

「わたくしだけの力ではありません。この地の人々が、頑張ってくださったからです」

「だが、報告では君の力だと――」

ヴィオレッタは首を横に振る。

「わたくしが使ったのは、魔法でも奇跡でもなく、農法の知識です。誰もが使えるものですよ」

「農法……？」

「具体的にはまず肥料ですね。最初に、海藻肥料で大地の力を充填させて、クローバー肥料で地力を高めていくんです。クローバーは本当に素晴らしいんですよ。牛も馬も喜んで食べてくれますし、堆肥もとてもいい肥料になって――」

怒濤の勢いで話していたヴィオレッタは短く息を呑み、口元を押さえた。

エルネストの高揚に当てられて、大切なことを忘れていた。

「詳しいお話はまた後にしましょう。いまは長旅の疲れを癒してください。おかえりなさいませ、エルネスト様」

「……ああ。ありがとう、ヴィオレッタ」

エルネストの声が優しく響く。

その瞬間、不思議な気持ちになった。

――彼はヴィオレッタのことを軽蔑していたはずなのに。

その眼差しは優しく、しかしどこか寂しそうだった。

「私も、君に話さなければならないことがある」


その日の夕食は、夫婦でテーブルに着いた。

食堂のテーブルには真っ白のクロスがかけられ、磨き上げられた食器とグラスが並ぶ。

料理はどれも気合いが入っていた。このような豪勢な食事は結婚式以来だ。

米が入ったスープは、料理人の心遣いを感じた。ベリーソースが使われた肉料理も、試作中の黄金糖を使ったシャーベットも、丁寧に愛情を込めて作られていた。

だが、食堂にはぎくしゃくとした空気が流れていた。

食器の奏でる澄んだ音だけが響き、気まずい沈黙が続いている。

――エルネストの『話さなければならないこと』に、ヴィオレッタは緊張し続けていた。

料理はとても美味しいのに、こんな雰囲気で食べていることを、テオに申し訳なく思う。

そしてそのまま会話もなく夕食は終了し、二人で居間へと移動した。

他には誰もいない。執事も使用人も。本当に二人きりだ。

いままで経験したことのない緊張感の中、ヴィオレッタはいつものソファに座る。慣れた感触に少しだけ心が落ち着く。

そして、勇気を振り絞って訊いた。

「お話とは何でしょうか？」

エルネストは立ったまま、しばしの間、黙って窓の外を見つめていた。

既に夕闇で閉ざされているため、外の景色は見えない。もしかすると、窓に映るヴィオレッタの姿を見ていたのかもしれない。

「——王都で、君の噂が流れてきた」

「王都に、ですか？」

意外な言葉に戸惑う。嫌な予感がした。

「夫が不在なのをいいことに、領地で愛人を何人も囲い込んでいると」

「ありえません！」

あまりにも突拍子もない話に、ヴィオレッタは思わず立ち上がった。

結婚して以来、一度もヴォルフズ領の外には出ていない。実家にも、王都にも行っていない。客人も来ていない。使用人や領民と話はするが、それぐらいだ。

愛人だなんて、どこからそんな噂が生まれたのか。

そしてどうして王都でそれが広まるのか。

日々、様々な物語が生まれては忘れられていく王都で、一年前に嫁いでいったヴィオレッタの噂が生まれたとしても、広まりもせず消えていくだろう。

怒りと戸惑いと共に、恐怖すら覚える。

（誰がそんなことを言い出したの……？　わたくしの評判を落としたい人？　だとしたら……エル

ネスト様に恋をしている方が、わたくしと離婚させようとしているとか？）

エルネストの恋人だろうか。それとも、ヴィオレッタの代わりに侯爵夫人の座に収まりたい他の誰かの仕業だろうか。

そしてエルネストは、噂を信じたのだろうか。

エルネストは振り返り、冷静な眼差しでヴィオレッタを見つめる。

「根も葉もない噂だとはわかっている」

あっさりと言い切る。

「セバスチャンの報告には、君が領民と協力して領地の発展に勤しんでいることが書かれていた。私財を擲《なげう》って土地改良を施し、領民とも良好な関係を築こうとしていると」

青の瞳が、ヴィオレッタをまっすぐに見つめる。

「――ヴィオレッタ。君に礼を言わなければならない。いままで私は、領地のために何もできていなかったと思い知らされた」

「い、いえ。そんなことはありません。エルネスト様はこの家と領地を守っていらっしゃいました。帳簿を……そして領民たちの姿を見ていれば、よくわかります」

領民たちは豊かではなかったが、けっして飢えてはいなかった。不満も抱いていなかった。

「皆、ヴォルフズ家を尊敬し、敬愛しています。だからこそ、新参者のわたくしの声も聞いてくれました。好意的に協力してくれました。これは、エルネスト様や先代様たちのお力です」

悪政を敷いていれば、そんなことはありえない。

ヴィオレッタがいくら声を上げたとしても、なかなか受け入れてもらえなかっただろう。

「それに、わたくしは領主夫人です。領地の発展を願うのは当然のことです」

胸を張って微笑むと、エルネストは少しだけ安堵したような顔をした。

その表情を見て、ヴィオレッタもほっとする。

これで話は終わりだろうか。

王都で誰が何のためにヴィオレッタの新しい噂を流し始めたかは気になるが、エルネストがヴィオレッタを信じてくれるのなら、それで充分だ。

「――ヴィオレッタ」

「はい？」

「どうして悪意にまみれた噂が再び流れたのか……昔のことも含め、改めて調べさせてもらった」

ざあっと、身体から血の気が引いていく。

「そして昔、君の妹が、君の名前を騙っていたことがわかった」

「…………」

「噂の出所を探って、複数の人間から証言が取れた。彼らの言う『ヴィオレッタ』は、菫色の瞳と金の髪――君の妹は、君の名前を使って色々と遊んでいたらしいな」

冷汗が背中を伝っていく。

「君の兄の確認も取れている。肯定したわけではないが、否定もしなかった」

「…………」

もう、逃れようがない。

――ルシアは、ヴィオレッタとは違い、街での遊びが好きだった。夜の遊びも。

貴族令嬢として厳格に育てられた反動か、抑圧されていたものが学園への入学を機に悪い方向に解放されてしまった。

その折、自分の名前を出すのはまずいと思ったようで、咄嗟にヴィオレッタの名前を騙ったことがあるらしい。

そのことを切っ掛けに「悪女」「ふしだらな女」「遊び好き」という悪評が、ヴィオレッタについて回ることになった。

「――君のかつての不名誉な噂は、真実ではなかった」

「……申し訳ありません……」

「何故君が謝る？　噂に振り回され、君にとても無礼なことをしてしまったのは私だ」

「いえ……噂をそのままにしてしまったのは、わたくしの責任ですし」

「何故だ」

鋭く問われ、ヴィオレッタは息を呑み、目を逸らす。

「……実害はありませんでしたから。わたくしは社交界にはほとんど顔を出さなかったですし、領地で趣味の時間を過ごすのに夢中でしたし……それに……」

「それに？」

「いえ――」

ヴィオレッタは口を噤《つぐ》む。これだけは言うべきではない。

(ルシアの名誉を汚させるわけにはいきませんでしたから、なんて)

父はルシアに期待していた。

昔は、第一王子の妃にもなれるのではないかと期待していた。それが無理でも、王族、あるいは高位貴族へ嫁げるほどの器量があると信じていた。

もし、噂の大元がルシアにあると世間に知られれば、今度はルシアが悪い噂の的になる。

ルシアの将来を守るためにも噂は否定しないでおきたいと、ヴィオレッタから父に頼んだ。

父はそれを承諾し、そしてこれ以上ルシアが遊び回らないように、常に見張りを付けて家に閉じ込めた。

それが、ヴィオレッタの噂の真実だ。

——噂をそのままにしていた理由は、ルシアのためだけではない。

(その方が、わたくしにとっても都合がよかったから)

悪評が立てば縁談など来ず、ずっと家にいられると考えていた。

実際は結婚が決まってしまい、悪評がついたままヴォルフズ侯爵家に——王都から遠く離れた地に多額の持参金と共に押し付けられてしまったが。

悪評のおかげで貴族夫人の義務——跡継ぎを産むことからも解放され、とても都合が良かった。

だから、黙ってきたのに。

まさか、夫が——エルネストがすべて調べてきてしまうなんて、想像もしていなかった。

「……お怒りはわかります。侯爵家の体面に関わることですもの。ですが、それも込みでの政略結婚だったのでは？　お父様との契約の内容は、わたくしはよく存じておりませんが……」

「体面ではない。私が、嫌なんだ。何より、噂を信じて、君を貶《おとし》めた自分自身が許せない」

エルネストの腕にぐっと力が入る。

己に対する怒りと後悔で震えているようだった。

「……すまなかった」

「エルネスト様……」

ヴィオレッタは困惑した。

まさか、あの噂が彼をこんなに苦しめることになるなんて、思ってもいなかった。

（――この方は……）

ヴィオレッタが考えていたより、ずっと繊細で、誠実で、責任感が強いのかもしれない。

「私にできる贖罪《しょくざい》は何か、ずっと考えていた」

苦しげな声に、胸がずきりと痛む。

（――いけない）

それ以上はいけない。

言葉にさせてはならない。

ヴィオレッタから何か言わないといけないのに、何も言葉が出てこない。

「――離婚しよう、ヴィオレッタ。君を、自由にする」

――離婚。

最も恐れていた言葉を突きつけられて、ヴィオレッタは頭が真っ白になった。

「持参金も、君が領地に注いでくれた投資分も返す。何年かかるかはわからないが、慰謝料も……」

「か――勝手に話を進めないでください！　そんなことをすれば、財政破綻まっしぐらです！」

ヴィオレッタの叫びに、エルネストは驚いたように息を呑む。

「さ、さすがにそんなことは……」

「わたくしだって帳簿を読めるんです！　いったいどうやってお金を用意するおつもりですか？

エルネスト様が自ら働いて？　無理です」

「む、無理ということはないだろう――」

「無理です。冷静に計算してみてください。無理です」

「…………」

エルネストが言い淀む。

「ですから、三年――いえ、二年だけ待ってください。そうすればもっと――いえ、そもそもどうして離婚という話が出てくるんですか？　やっぱり、浮気をしているのですか？」

「なっ――？」

「いえ、浮気をしていてもいいのです。だから二年だけ待ってください。そうすれば結婚して三年も子ができなかったからという離婚理由もできますから、慰謝料もいりませんし――」

　本当は浮気なんてしてほしくない。

　だがそれよりも、離婚はダメだ。まだダメだ。

「――二年あれば、いまよりもっと四輪作の成果が出てくるんです！　黄金糖もたくさんできる予定なんです！　持参金分なんて軽く稼げます。待ってもらえた方が、お得です！」

　ヴィオレッタは必死だった。このままプロジェクトを放り出すわけにはいかない。金だけの問題ではない。たくさんの人の思いと未来がかかっている。

「ヴィオレッタ、落ち着いてくれ――」

「二年も待てないくらい、浮気相手に本気なのですかっ？」

「浮気なんてしていない！」

「王都に愛人がいらっしゃるんでしょう？」

「だから、そんなものはいない！」

　ヴィオレッタは例の手紙が入った無記名の封筒を、エルネストに向けて突き出した。

　エルネストは戸惑いながら封筒を受け取り、中の手紙に目を通して、深いため息をついた。

「まさか、これを信じたのか？」

「……信じたく、ありませんでしたが……」

「………………」

　手紙を見るエルネストの顔は、怖いくらいに真剣だった。

やはり何か心当たりがあるのだろう。

「……その方に本気だとしてもかまいません。離婚が成立するまで、第二夫人として迎えてくださって結構です。ですから――」

――絶対に嫌だ。

けれど、我慢する。

だから。

「わたくしから、何もかもを取り上げないでください……」

「ヴィオレッタ……」

「わたくしは、この地をもっともっと豊かにしたいのです……」

それは魂からの叫びだった。込み上げてきた感情が、目許を熱く濡らす。

「……君から何一つ取り上げるつもりはない。私は、ただ――」

エルネストは手紙を机の上に置いた。

「――ヴィオレッタ。誓って、浮気などしていない。ただ……仕事で女性といるところを、誰かに誤解をされたのだとしたら、こちらの落ち度だ……すまなかった」

そう言って、ハンカチーフをヴィオレッタに差し出してきた。

その眼差しも、声も、真剣そのもので。疑いようのない誠実さが伝わってきた。

「……本当、ですか?」

「ああ。信じてほしいとしか言えないが」

「…………」

落ち着いてきたヴィオレッタは、自分がとんでもなく失礼なことをしていることに気づいた。不確かな情報で、不貞行為をしているのだと言い出すなんて、ヴィオレッタの噂を面白おかしく広めた人々と同じだ。

ヴィオレッタはハンカチーフを受け取り、目許を拭いた。

「こちらこそ、申し訳ございません……ですが、それならどうして離婚という話に……」

エルネストは深く息をつく。その瞳には、深い苦悩と悔いが浮かんでいた。

「ヴィオレッタ、当初私は……君の噂を真に受け、君の名誉と心を傷つけてしまった」

「それは……」

少しも傷つかなかったと言ったら嘘になる。だがそれは、仕方のないことだと受け入れた。噂を否定しないと決めた時に。噂に傷つけられる痛みより、得られるメリットの方を選んだ時に。

——それに、怖かったのだ。

噂は真実ではないと訴えて、信じてもらえなかったらと思うと怖かった。妹のせいにするのかと軽蔑されるのが怖かった。

だから、ヴィオレッタは口を閉ざすことに決めた。

まさかそれが、夫になる人を苦しめることになるとは思ってもいなかった。向こうはすべて了承済みだと思っていたから。

「私は、本当の君を見ようとしていなかった。知ろうとする勇気がなかった」

「…………」

「君をこれ以上、噂や私のために犠牲にしたくない。そして、私の過去の行いが君に与えた傷を少しでも癒したいと思った。だから、君を……自由にしたいと思った」

誠実であろうとする姿に、ヴィオレッタの胸がずきずきと痛む。

（……ああ、わたくしは本当に、この方のことを全然知らないのね……）

本当の彼を知ろうとせず、そして自分のことを知ってもらおうともしなかった。

勇気がなかった。だから、すべて勝手に決めつけてしまった。

あまりにも言葉が足りなかった。

「……エルネスト様、ごめんなさい」

ヴィオレッタは小さく頭を下げた。

「わたくしのことをそこまで考えてくださって、ありがとうございます。でもやはり、離婚は受け入れられません」

顔を上げ、まっすぐに立ち、自分の意志をはっきりと口にする。

「わたくしは、わたくしなりに、覚悟を持ってあなたに嫁ぎました。犠牲になんてなった覚えもありません。それに、いまのわたくしは、過去のことよりも明日のことの方が重要です」

脳裏に思い描かれるのは、領地の姿だ。

黄金の小麦畑。白い花の咲くクローバー畑。

来年用の種をつくるために、作付面積を増やしてもらった甘カブに、ジャガイモ。

「今年は幸い、豊作となりそうです。ですが、こんなもので終わらせるつもりはありません。もっと、もっと、この地は豊かになります」

ヴィオレッタには見える。来年、再来年、いままで以上に豊かに実る大地が。人々の笑顔が。

その笑顔を実現したい。その夢を見続けたい。より良い明日の夢を。

「わたくしは、この地を愛しています。発展していく姿を見ていきたいのです。そして……わたくしたちは、この地の責任者なのですから、協力していく方がいいと思います」

この地の主であり、夫であるエルネストと。

「お互いに信頼できる、そんな関係になりたいのです」

「……君は、それで構わないのか？」

「エルネスト様。これはわたくしの、心からのお願いです。聞いていただけますか？」

切実な願いを込めて、瞳を見つめる。

自分の気持ちが少しでも伝わるように。

長い長い沈黙の後、エルネストは頷いた。

「――ああ。君の信頼が得られるように努めよう」

エルネストがわずかに微笑んだ瞬間、初めて心が通じ合ったかのような高揚感が胸に生まれる。

ほっとすると同時に、顔が熱くなってくる。思わずハンカチーフを握りしめる。

（この方は、こんな風に笑うのね……）

胸が高鳴る。苦しいくらいに。

「――あ、あの、王都で新しく広まったという噂なのですが」

空気を変えるように、話題を引き戻す。

「わたくし地味で平凡ですし、社交界にも顔を出しませんし、わたくしの噂なんてして皆様楽しいのでしょうか？　いったい誰が新しい噂をつくって広めたのでしょう？」

今度はルシアも関係ない。

妹はあの件以来、ずっと籠の鳥だ。貴族学園には通えているが、学園内でも常に監視がついているという。誰かとの縁談がまとまり、正式に嫁ぐまではそのままだろう。

「ヴィオレッタ。自分を低く置かないでほしい。君は誰より聡明で美しく、心優しい女性だ」

諭すように言われ、頬が熱くなる。

家族以外の相手から――家族にも、そんな風に褒められたことはない。

いや、エルネストは夫だから家族だ。

――そう。夫だ。

それを意識すると、耳まで熱くなってくる。

（ど、どうしたのかしら、わたくし……）

いくら落ち着こうとしても、理性だけではどうしようもない。

「……噂の出どころについては、調べがついている。シャドウメア子爵家のフェリクスだ」

エルネストはやや迷いながら、硬い声でその名を口にする。

（……誰？　どこかで、聞いたことのあるような……）

貴族の顔と名前を覚えておくのは社交界の礼儀だ。

社交界に出ていなかった弊害が、いま出てきてしまっている。

「しかもこの男は、昔の件にも関わっているようだ。調査リストに名前が出てきた」

「…………」

――どれだけ真剣に調査したのだろう。

「詳しく話を聞くつもりだったが、彼はいま姿を消している」

「――行方不明、ということですか?」

「そうだ」

一気に話が緊張感を帯びてくる。

いったいヴィオレッタの知らないところで何が起こっているのか。

エルネストは静かに手紙を見つめ、眉間に皺を寄せた。

「……もしかしたら、まだ君を狙っているのかもしれない」

「わたくしを?　まさか」

自分に狙われるような価値なんてない。

笑って否定しようとして、エルネストの表情の真剣さに、顔が強張る。

「ヴィオレッタ。決して、一人きりにはならないでくれ」

「――は、はい」

落ち着かない気持ちになりながら、頷く。

「あくまで念のためだ。時間が許す限り、私が君を守ろう」

「エルネスト様がですか？」

「妻を守るのは、夫の役目だ」

その言葉は、強くヴィオレッタの胸に響いた。


(わたくし、どうしてしまったのかしら……)

執務室でエルネストと共に仕事をしながら、ヴィオレッタはこっそりとため息をついた。

話し合いで懸念事項はなくなったはずなのに、なんだかずっと落ち着かない。

ヴォルフズ領に来て一年、この地にも、この家にも、すっかり慣れたはずなのに。胸がずっと早鐘を打っている。

帰ってきてからエルネストはいつもヴィオレッタの傍にいた。食事はもちろん、ヴィオレッタが外に行く時も、屋敷の中でも、寝室以外では常に寄り添うように傍にいた。

(このままでは心臓が持たないわ……)

少しの間だけでもいいから離れたい。クロと一緒なら一人ではないからいいだろう。

書類から顔を上げて、エルネストの顔を見る。

「エルネスト様、クロに乗って視察に行ってきてもいいでしょうか？」

「クロ……君の黒鋼鴉《ナイトレイブン》か……それは私にも乗れるのだろうか？」

「いえ、無理です」

はっきりと否定する。

「黒鋼鴉の加護は、レイブンズ家の人間しか受けられません。もし奇跡的に加護を受けられたとしても、よほど大きな黒鋼鴉でないと体格のいい方は乗れません。重量制限がとても厳しいのです」

だからヴィオレッタも体重管理には気を遣っている。

食べるのは我慢できないので、主に運動で。その点農作業は優れている。とてもいい運動になる。

もちろんクロに乗ることもいい運動になる。

オスカーも、父も、体重管理には気を遣っていた。

「それでは、同乗も無理だな……」

ヴィオレッタはびっくりした。エルネストが冗談を言うなんて。

「もちろんですわ、エルネスト様。絶対に無理です。クロが怒って振り落としてきます」

飛ばずに地上を歩くだけでも、黒鋼鴉が背に乗せるのはひとりだけだ。

そしてクロはヴィオレッタしか乗せない。

「……すまないが、しばらくの間、移動は馬車を使ってほしい」

「わかりました」

そうして、収穫直前の視察にエルネストと一緒の馬車で行くことになった。

（あら……？　少しだけ離れるつもりだったのに）

馬車に荷物を積み込む手配をしながら、ヴィオレッタは戸惑った。

クロに乗れないのは話し合っての結果なので不満はない。お互いの意見を言って調整していくのは、大事なことだと今更ながらに思う。

それはいいのだが、どうして一緒の馬車なのだろう。これでは心臓が落ち着く暇がない。

（――いいえ。信頼し合える夫婦になるのに、距離を縮めるのは必要なことだわ。それに、夫婦仲が良い方が周りも安心するわよね？）

それにきっと、一緒にいるうちに心臓も落ち着いてくるだろう。

そうして、馬車に並んで座る。

（あら……？　どうして隣に座っているのかしら……？）

正面の席は空いているのに。

（護衛のため？　でも、でも）

少し動けば身体が触れる距離になり、心臓がますます落ち着かない。

そっとエルネストの様子を見ると、落ち着いた横顔が見えた。周囲を警戒するかのように、外に意識を向けている。

――落ち着いていないのは、ヴィオレッタの心臓だけだ。

（こ、この状況に慣れるべきよね。わたくしたちは、領主夫妻なのだから！）

ヴィオレッタは、決意を固めた。

そして、一か所目の視察場所に到着する前にエルネストに提案する。

「エルネスト様、外では腕を組みませんか？」

「何……？」

「エルネスト様は長くご不在でしたもの。領主と領主夫人の仲が良いことにしておいた方が、領民も安心するはずです」

　エルネストは戸惑った表情を浮かべる。

「……いや、だが……いや……わかった。君がいいのなら」

　長い葛藤の末、了承を貰う。

「ありがとうございます。ではここからはわたくしたちは、仲睦まじい夫婦ということで。演技、頑張りましょうね」

　ほどなく、視察場所に到着する。馬車から降りる際、ヴィオレッタはエルネストの手を借りる。降りてからは、彼の左腕を支えにするように手を添えた。

「それでは、行きましょうか」

　最初の視察場所は街中の役所だ。堅牢な石造りの建物だが、長い間風雨と雪に晒されてボロボロだったため、真っ先に修繕を行った場所だ。

「領主様、奥様、御足労いただきありがとうございます」

　役所のトップである行政官が出迎えてくれる。

「いつも任せきりにしていてすまない。何か変わったことはないか」

「それはもう、街に活気が出てきました。犯罪やトラブルも減りましたし、ここの修繕もされて、皆安心して働けています」

「そうか」

報告を聞いて、エルネストは少し驚いたように、そして安心したように言う。

その後は役所内の様子を見て回る。その間、ヴィオレッタはずっとエルネストの腕に手を添え、傍にいた。

「領主様と奥様がいらっしゃったら、この地も安泰ですね」

視察の終わりに行政官が満面の笑みで言う。

演技の効果は十二分に出ているようだった。


「次は教会ですね。積んでいるプレゼントを子どもたちに配りたいのですが、いいでしょうか?」

馬車に戻り、次の視察地に向かう際、ヴィオレッタはエルネストに確認を取る。

「それはもちろん構わないが……いつの間にそんなことを……」

「前から準備はしていたのです。今日は馬車での移動ですので、たくさん積み込めるのでちょうどいいと思って」

馬車は街の中をゆっくりと進み、活気溢れる市場の前を通る。ヴィオレッタが最初に見た頃より、店頭に並ぶ品物の数も増えていた。領内の流通が盛んになってきている証拠だ。

教会は街外れの静かな場所にあった。ヴィオレッタたちが降りると、併設された孤児院から子どもたちが「領主様だー!」「奥様だ!」と駆け寄ってくる。

ヴィオレッタは笑顔で子どもたちに応じる。

「こんにちは、みんな。シスターの言うことを聞いて、いい子にしていましたか？」

「はい！」

「いいお返事です。いい子たちにはプレゼントがありますよ」

従者の手も借りて、子どもたちに馬車に積んでいたプレゼントを配っていく。

おもちゃに絵本、お菓子、人形、髪飾りに新しい服。事前にリクエストを聞いて個人資産から用意したものだ。

皆、目を輝かせて受け取っていく。

その笑顔だけで、ヴィオレッタはこれ以上なく満たされる。

ヴィオレッタがプレゼントを配っている間、エルネストはシスター長と話していた。

「ヴィオレッタは……妻は、普段からこちらに？」

自分の名前が聞こえてきて、思わず意識が向く。

「はい。奥様は本当に素晴らしいお方です。教会への援助ももちろんですが、子どもたちに学びの機会を与えてくださったり、お菓子を作ってくださったり、遊んでくださったり……本当に、感謝しかありません」

ヴィオレッタはたまらず二人の方へ行く。

「シスター長ったら。わたくしは当然のことをしているだけです」

貴族として。領主夫人として。

「ですが、こんなプレゼントまでいただけるなんて」

――孤児院の子どもたちに何かできないかと考えた時、ヴィオレッタは昔を思い出した。父が旅行先から帰ってくるたびに、大量の土産を持ってきたことを。

その中にあった種籾が、ヴィオレッタの運命を開いた。

だからヴィオレッタも、子どもたちが運命を開く手助けを少しでもできたらと思った。

プレゼントや寄付は、未来への投資でもある。

――それに。

「子どもは皆の宝ですもの。それに、わたくしは子どもたちの笑顔を見るのが好きなのです。ですから、本当に貰っているのはわたくしの方ですわ」

「奥様……」

「それにわたくしは、子どもたちの日々のお世話はシスターたちに任せることしかできません。これくらいさせてください」

その後は、教会と孤児院を視察する。無事に終わると次は街を出て、農地の穀物倉庫に向かう。

穀物倉庫では、収穫前の最後の準備が進められていた。普段は閑散とした場所だが、領主であるエルネストの視察が伝えられていたため、多くの領民たちが集まっていた。

「領主様、今年の小麦は最高です。倉が足りるか心配しているほどですよ」

「これなら牛の数を減らさなくても済みそうですし、来年はもっと収穫量が増やせそうです」

「最初はどうなることかと思いましたが、奥様はまさに豊穣の女神様ですね」

興奮した様子の領民たちの報告に、ヴィオレッタはエルネストの隣で思わず笑みを零す。

「ふふ、それはさすがに言いすぎよ。女神様が驚いてしまわれるわ」

「では、緑の聖女様。いつも奇跡をありがとうございます」

「豊かな実りは、皆さんが頑張ってくれているからこそよ。わたくしだけでは何もできないわ」

ヴィオレッタは微笑み、倉庫の前に広がる小麦畑を見つめる。

「最近はお天気もいいし、いい収穫の日を迎えられそうね。とても忙しくなると思うけれど、頼りにしていますね」

エルネストと共に穀物倉庫の状態や収穫手順の計画を確認し、無事に今日の視察は終わった。


――予定していたすべての視察が終わり、ヴィオレッタは馬車でほっと息をついた。

「演技の成果が出てよかったです。正直、予想以上でしたわね」

領主夫妻の仲の良さを演出できたことで、皆に安心感をもたらせた気がする。喜ぶヴィオレッタの隣で、エルネストはどこか複雑そうな表情をしていた。

「エルネスト様、やはり演技でもお嫌でしたか？」

勇気を出して訊いてみると、エルネストは驚いたようにヴィオレッタを見た。

「いや、すまない。そういうわけではない。ないが……」

否定し、そして――どこか困ったような表情で、ヴィオレッタを見つめる。

「君の方こそどうなんだ？　……いくら領民のためとはいえ、無理はしなくていい」

「無理なんてしていませんし、嫌でもありません」

嫌な相手なら、演技でも腕を組むことなんてしない。

はっきりと言うと、エルネストは少しだけ安心したようだった。だが顔にはまだ硬さがある。

ぎこちない空気が流れ、ヴィオレッタは話題を変えることにした。

「エルネスト様は、いつ王都に戻られる予定なのですか？」

前回は結婚式の翌日に王都に戻っていた。王都での仕事はとても忙しいらしいので、今回もきっとすぐに戻るのだろうと思っていたのだが。

「長期の休暇をもぎ取ってきた。少なくとも春までは、ここで過ごすつもりだ」

——春まで。

ということは、冬の間はずっと一緒にいられる。

「よかった。嬉しいです」

今日、共に視察をしてよくわかった。

エルネストがいると領民が喜ぶ。仕事に対する情熱が一層増しているのが伝わってくる。

そしてヴィオレッタも、エルネストと共にいられるのは嬉しい。少しだけ緊張するが、それ以上に喜びを感じていた。

「そ、そうか……」

「はい。——あ、そういえばエルネスト様、白キツネの毛皮をありがとうございました。寒い日は毎日使わせていただいています」

手紙でも礼を伝えていたが、改めて言葉で伝える。

エルネストは少し戸惑ったように視線を逸らした。

「そうか……気に入ってもらえたならよかった」

「はい。わたくし、寒がりなので」

あの毛皮のコートは冬の突き刺すような寒さから、何度もヴィオレッタを守ってくれた。

「……この地の寒さは、君には厳しいだろう」

「大丈夫ですよ。皆、とても気を遣ってくれますから。雪遊びも楽しいですし。わたくし、この地の冬も好きです。エルネスト様がいらっしゃるなら、きっともっと楽しいでしょうね」

そういうと、エルネストの表情が少し柔らかくなる。

優しい眼差しと、口元に浮かぶ微笑みは、まるで春の日差しのようだった。

――ヴィオレッタの鼓動が、速まる。

「――君は、優しいな」

「え……？　そ、そうですか？」

「ああ。君はまさに、春を告げる花のようだ――ヴィオレッタ」

名前を呼ばれた瞬間、胸が熱くなった。

鼓動がこれ以上なく速まった。

「今日は特にそう感じた。君を見ると、皆が嬉しそうにする。私では見られなかった光景だ」

「そ、そんなことはありません。エルネスト様がいてくださったからです」

ヴィオレッタが言うと、エルネストは考え込むような表情をする。

「いや……やはり、私だけでは、無理なのだろう」

青い瞳が真剣にヴィオレッタを見つめる。

「君がいてこそだ、ヴィオレッタ。君の存在が、この地に光を差し、皆に笑顔をもたらしている」

その笑顔に、苦しいくらいに胸が高鳴った。

(ダメよ……)

——ヴィオレッタは気づいてしまった。

ずっと気づかないようにしていた気持ちの正体に。

(これが……これが、恋なの？　わたくし、エルネスト様が、好きなの——？)

頭は混乱しているのに、感情はそうだと叫んでいる。

——恋。

これが恋。

いつからだろう。おそらく、初めて会った時に、もう。

長い間、気づかないふりをして眠らせていたのに——いま、目覚めてしまった。

いや、本当はもっと前から。

(——ダメよ、こんな感情)

身体が熱く、胸が苦しい。

自分たちは政略結婚だ。

領地のために、家同士のために、お互いに信頼できる関係にならなければならない。なのに。

（こんな不埒な感情を抱いているなんて、知られたくない……！）

——ふしだらな女だなんて、思われたくない。軽蔑されたくない。

胸が張り裂けそうに苦しくて、いまにも涙が零れそうになって、ヴィオレッタは顔を伏せ、ドレスのスカートをぎゅっと握った。

「ヴィオレッタ……？　どうかしたのか？」

「……い、いえ、なんでもありません。少しお腹が空いてしまっただけです」

——もっと他に言いようがあっただろうに。

自分に呆れ、苦笑が零れる。

だが、笑みが零れると、少しだけ気分が楽になった。

何度か深く呼吸をして、身体の震えを落ち着かせる。

この気持ちを知られてはいけない。知られれば、きっと呆れられる。呆れられるだけならいい。

——嫌われるのだけは嫌だ。

（大丈夫。完璧な領主夫人を演じてみせるわ）


馬車が屋敷に戻った時には、夕暮れになっていた。

エルネストの手を借りて馬車から降りると、執事のセバスチャンに出迎えられる。

「おかえりなさいませ、旦那様、奥様。お手数ですが、こちらにいらしていただけますか」

セバスチャンはそう言って、ヴィオレッタたちを中庭の方へ連れていく。

(どうしたのかしら)

何か見せたいものでもあるのだろうか。

わくわくしていると、中庭に続く部屋の前でメイドのアニーが立っていた。

「――奥様、どうぞこちらに。旦那様はしばしお待ちいただけますか」

「あ、ああ……」

ヴィオレッタだけが部屋に通される。

そこには――白いドレスが飾られていた。

「奥様、こちらへお召し替えを」

「アニー？　これは――？」

ヴィオレッタの嫁入り道具の中には、このようなドレスはなかった。

「ヴォルフズ領のシルクです。大急ぎで仕立てました。さあ、奥様」

アニーの迫力に気圧されながら着替えていく。

サイズはぴったりで、細かな仕事が丁寧なドレスだった。宝石の縫い付けや金銀の刺繍のないシンプルなドレスだが、素材の良さがよく出ている。

――そういえば、この地の産業の一つに養蚕があった。あまり大規模ではないけれど。

「奥様の宝石をお借りいたしますね」

髪にシルクのリボンと細かな宝石が飾られる。

「――出来上がりです。もうよろしいですよ」

アニーが扉の外に向けて声をかけると、扉が開いてエルネストがセバスチャンに押されるように入ってきた。

そして、ヴィオレッタを見て言葉を失う。

「…………」

無言で立ち尽くすエルネストの背中を、セバスチャンが叩いた。

「と……とても、似合っていると思う。綺麗だ」

「エルネスト様……ありがとうございます……」

ヴィオレッタは頭が付いていかない。

――いったい、何が起こっているのだろう。

エルネストも事態がよく呑み込めていないように見える。

「では、行きましょう。皆が待っております」

「は、はい……？」

セバスチャンに促されるまま部屋を出ようとすると、エルネストがヴィオレッタに手を差し伸べてきた。ヴィオレッタは困惑しながらも、その手を取った。

部屋の外に出て、中庭に続く廊下を歩く。

そして、中庭に続く扉を開けた先には――夢のような光景が広がっていた。

金銀の飾りが、天から降り注ぐ星のように頭上で揺れて。

夕陽を宿したようなランタンがいくつも浮かんでいる。

精霊から祝福されているかのような幻想的な光の宴――その淡い光の絨毯の上で、使用人たちがやや緊張した面持ちで並んでいた。

中央に置かれたテーブルの上には、たくさんの料理とスイーツ、そしてリンゴ酒《シードル》やワインが盛られていて、香ばしい匂いに、食欲が刺激される。

「ねえ、セバスチャン、これは……？」

セバスチャンは穏やかな表情を浮かべ、ヴィオレッタたちの方を振り返る。

「少々時期が過ぎてしまいましたが、旦那様たちの結婚一周年と、奥様がもたらしてくれた豊作を祝うため、使用人一同よりささやかな宴を用意させていただきました」

――あまりにも眩しく、心のこもった祝宴に、ヴィオレッタは言葉も出てこない。

ふらつきそうになったヴィオレッタを、エルネストが支えてくれた。

「――ヴィオレッタ、大丈夫か？」

「……はい、大丈夫です……嬉しくて……」

込み上げる涙で光が滲む。

こんな風に祝福されるなんて、思ってもみなかった。

セバスチャンがほっとしたように言葉を続けた。

「――奥様用の予算を御申しつけ通り分配しようとしたところ、皆が奥様のために何かしたいといいまして。仕事の合間にこっそりと準備させていただきました。もちろん、すべて領内のもので揃えています」

ヴィオレッタは胸がいっぱいになりながら、使用人たちの顔を見る。

「皆、ありがとう。わたくし、ここに来ることができて、本当に幸せよ」

ヴィオレッタは滲む涙を拭いて、エルネストを見上げた。

エルネストは小さく頷き、使用人たちに視線を向ける。

「――私はほとんどの時間をこの地で過ごせず、皆には大きな負担をかけてしまっているだろう。それでも当家とこの地が成り立っていられるのは、皆の日々の努力と忠誠があってこそだ。感謝している」

使用人たちは一斉に頭を下げ、当主への深い感謝の意を示した。涙ぐんでいる者もいた。

「そして、ヴィオレッタ」

名前を呼ばれ、視線を向けられる。

「君は、何よりもかけがえのない存在だ。君がこの地に来てくれたことを、何より嬉しく思う」

「エルネスト様……ありがとうございます」

ヴィオレッタは満面の笑みを浮かべ、大きく息を吸い込んだ。

「さあ、今夜は楽しみましょう！」

夜が訪れた中庭に、華やかな光が舞う。

誰かが楽器で陽気な音楽を奏で始める。初めて聞く曲なのに、どこか懐かしい響きだった。

テーブルに並ぶ料理の中で、特に目を引いたのはライスバーガーだ。

テオに米料理レシピを見せていた時、特にこれが好きと伝えていたから、作ってくれたのだろう。

揚げたてのポテトフライもある。

「懐かしいな」

エルネストがそう言いながら、ライスバーガーを手に取った。

（もしかして、エルネスト様も学園でのことを覚えていらっしゃるのかしら）

学園の庭で、ヴィオレッタがエルネストにライスバーガーを押し付けたことを。

（――まさかね。王都のお店で食べられたのね、きっと）

バーガーグレインズは庶民向けの店なので、エルネストが利用したのだとしたら少し意外だが。

詳しくは聞かずに、ヴィオレッタもライスバーガーを食べる。肉の旨味と米とトマトケチャップの甘みと香ばしさがたまらない。まろやかなマヨネーズの風味の中で、マスタードがピリッと刺激してくる。

すべての具材が合わさって、言葉にならないくらい美味しい。

（さすがテオだわ）

ヴィオレッタの知る短い期間でも、どんどん料理の腕が上がっている。

美味しい料理やリンゴ酒を味わっていると、いつの間にか使用人たちが音楽に合わせて楽しそうに踊っていた。

セバスチャンもメイドのアニーに誘われて、少し困りながらも華麗に踊っている。

舞踏会のように厳粛なダンスではなく、踊り方は全員バラバラだ。自由気ままに踊る姿は、とても生き生きとしていた。見ているヴィオレッタも身体がうずうずしてくる。

だが、一人で踊るのは少しハードルが高い――そう躊躇《ためら》った刹那。

「ヴィオレッタ」

包み込まれるような声で名前を呼ばれ、エルネストが大きな手を差し伸べてくる。

（あ……）

導かれるようにそっと手を重ねると、庭の中心までエスコートされる。

向き合って、両手を重ねて。音楽に合わせて踊り始める。

初めて踊るダンスだったが、ステップ自体は単純だ。そして、間違っていても気にする人は誰もいない。

ヴィオレッタはエルネストにリードされながら、思うままに身体を動かした。

「君は本当に、魔法使いだな」

「えっ――わたくし、魔法なんて使えませんよ？」

貴族の中には稀に魔法を使える人間もいるらしいが、ヴィオレッタも見たことはない。

「この地に豊穣をもたらしたこともそうだが――君の周りは、笑顔と喜びに溢れている」

そう話すエルネストの表情も、柔らかくなっていた。

この空気と酒に酔っているのかもしれない。

そして、ヴィオレッタも。

「使用人たちがこんなことを計画するなんて、思ってもいなかった」

「楽しくて、とっても素敵ですよね。まるでハロウィンみたいで」

「ハロウィン?」

「そ――そういうお祭りがあると、どこかで聞きました」

思わず前世知識が零れ出た。

「そのお祭りでは、子どもたちにお菓子を配るんです。そうだ、エルネスト様も、また一緒に教会に行きましょう。たくさんお菓子を用意して。きっと、すごく喜んでくれます」

ハロウィンもクリスマスも収穫祭も一緒くたにしてしまっている気がするが、楽しければいいと思う。孤児院の子たちだけではなく、街の子どもたちにも配ろう。

「きっと、すごく楽しいと思います」

「……君の優しさは、いつか世界も救いそうだな」

「ふふっ、スケールが大きすぎです。わたくしは聖女でも、勇者でもありませんし。でも、わたくしの手の届く範囲は、皆が明日の食事を心配せず、幸せに暮らせたらと思いますよ」

いまはまだ夢物語だが、農業改革が進んでいき、作物の収穫量が増えていけば、遠い未来ではない。

「そうだな……」

「はい」

一緒にその未来を見てみたいと、幸福感に包まれながら思った。

「――そうだ、エルネスト様。冬になったら狩りに行きましょう。わたくしも去年はクロと一緒にたくさん狩りをしたんです。どちらが大物を仕留められるか勝負です」

エルネストは困ったように笑う。

「これは、負けられないな」

「わたくしたちも負けませんわよ」

お互いに笑い合った、その時――

「――火事だー！」

緊迫した大声が、賑やかな夜を切り裂いた。

瞬く間に焦げ臭さが漂い、夜空にたなびくように煙が浮かび始めていた。

――火事。

その恐ろしい言葉と煙のにおいに、背筋が凍る。

炎はすべてを燃やしてしまう。ここ最近は雨も降っていなくて乾燥している。炎が一度大きく育ってしまえば、誰も手を付けられなくなる。

「落ち着け！　手分けして火元を探すんだ！」

エルネストの指示が飛ぶ。

火元は屋敷近くの小麦畑だった。豊かな実りを付けた小麦が、赤い炎に炙られている光景を見て、ヴィオレッタはいままでにない恐怖と焦りを覚えた。

——燃える。

大地の実りが、皆の努力の結晶が、炎ですべて燃やされてしまう。

燃えてしまう。

（そんなこと、させるものですか！）

地面は乾燥し、張り巡らされた水路も乾いているが、川には水が流れている。

「皆、バケツを持って川の方へ！」

ヴィオレッタは使用人たちと一緒に川に駆けつける。桶やバケツで水を汲み上げ、協力して火元に運ぶ。

近くの領民たちも集まってきて、皆で協力して水を運ぶ。あるいは道沿いの小麦を切り払い、炎が燃え広がらないようにする。

一致団結して消火に当たった結果、大きな被害が出ないうちに何とか火は収まった。

——だが、まだ安心はできない。

元々、火の気のない場所だ。火の不始末とは考えにくい。雷が落ちるような天気でもなかった。摩擦熱を起こすような強風もなかった。

故意の放火としか思えない。

（……いえ、証拠もないうちから疑ってはダメよ。でも、警戒はしておいた方がいいわね……エルネスト様も、そうお考えのはず）

エルネストは男性たちと共に最前線——一番火に近かった場所にいる。

見える限りでは、誰も酷い火傷はしていなそうだった。そのことに、心から安堵する。

だが、次に火の手が上がればどうなるかわからない。放火だとすれば、また別のところが燃やされる可能性もある。誰も気づかないうちに燃え広がれば、大惨事になる。

ヴィオレッタは空を見上げた。

（空から見回りすれば、燃えてもすぐにわかるかも——）

もしかしたら、放火犯も見つけられるかもしれない。

ヴィオレッタはクロのいる屋敷の方に視線を向ける。

黒鋼鴉は夜目も利くので、夜の中でも飛べる。クロと自分こそが哨戒に適任だ。

エルネストに一声かけてから行こうと振り返ったヴィオレッタは、自分が集団から離れてしまっていることに気づいた。

少し離れた場所に、人々の背中がある。

——一人になるなと言われていたのに。早く合流しないと。

急いで追いかけようとした。だが、どうしてだろう。身体が妙に重い。進んでいる気がしない。

「待って——」

声を上げても、誰もヴィオレッタに気づかない。

まるでヴィオレッタが存在しないかのように、誰も振り返ろうともしない。

見えない膜がヴィオレッタを包み込んでいるかのように、人々がひどく遠くに感じる。

「お願い、待って――！」

――届かない。

悪夢を見ているかのようだった。闇の中で、一歩も進めないような悪夢――

その時、背後に人の気配を感じる。振り返ると、ヴォルフズ家の男性使用人が一人いた。

安堵しかけたヴィオレッタは、違和感に息を呑む。

「……あなたは、誰ですか？」

服装は使用人のものだが、このような人物は使用人の中にいなかった。エルネストに付き従って王都に行っていた護衛の中にも、いなかった気がする。

――だが、その服はひどく馴染んでいる。ヴィオレッタが新しい使用人に気づいていなかっただけかもしれない。だとしたら、とてもひどいことを言っていることになるが、それでもヴィオレッタは警戒を解かない。

「名前と所属を言いなさい」

問うと、男は一瞬だけ動きを止める。

「……ひどいな」

闇のような黒髪の男は、喉の奥で笑う。

「――――ッ」

本能が叫ぶ。逃げろと。大声を上げろと。

「やっと、捕まえた。もう、離さないよ――ヴィオレッタ」

ヴィオレッタが動くよりも先に、距離を詰められ腕をつかまれた。

振り払おうとした刹那、身体に衝撃が走る。

殴られたのだと気づいたのは、意識を失う直前だった。


雨の音が聞こえる。

光のない闇の中で、壁や天井を叩く雨の音が聞こえる。

――恵みの雨だ、とヴィオレッタは思った。

これで完全に火が消える。新たに燃え上がることもないだろう。収穫は少し遅れてしまうけれど。

大きな被害が出なくて良かったと、微睡《まどろ》む中で思う。

「恵みの雨だ」

男の声が静かに響く。

「匂いも足跡も消し去ってくれる……天も僕たちを祝福してくれているんだ」

薄く目を開ける。小さなランタンが照らす粗末な部屋の中、窓際で佇む男が見えた。

エルネストが警戒していた男の名前が浮かび上がる。

少し神経質そうな文字を書く、黒髪黒瞳の、物腰の柔らかい貴族学園時代の学友。

――シャドウメア子爵家のフェリクス。

（こんな方だったかしら……？）

おぼろげにしか記憶はないが、彼の雰囲気は昔とは変わっていた。

昔はもっと穏やかな雰囲気だった気がする。

だがいまは、ずっと冷たく、底知れないものを感じた。

影の中に隠された、鋭く研がれたナイフのような――

ヴィオレッタは自分の置かれた状況を確認する。寝ているのは冷たく湿った床の上だった。腕を後ろで縛られていて、身体を起こせない。

頭には、鈍い痛みが響いている。あちこち痛いし、寒い。

（この場所……どこかの、使われていない家か倉庫だろうけれど……）

痛む頭で考える。周囲はひどく静かで、近隣に民家はなさそうだ。意外と埃臭さはない。普段から使われているのか――この男が、拠点として使っているのか。

「――フェリクス様……」

「ああ、よかった。覚えていてくれたんだ。忘れられたかと思って焦ったよ」

フェリクスがヴィオレッタを見て、悪びれることなく笑う。

「……畑に火を放ったのは、あなた、ですか……？」

「そうでもしないと、君を犬から引きはがせそうになくてさ」

「…………」

そんなことのために収穫前の畑に火を放つなんて許せない。

怒りで震えそうになりながら、ヴィオレッタは必死に自分を落ち着かせる。

相手を刺激するのはよくない。また、殴られるかもしれない。殺されるかもしれない。

（……エルネスト様は、きっと来てくださるわ……）

どれだけ時間がかかっても、きっと助けに来てくれる。

こんなところで死ねない。時間を稼ぐためにも、落ち着いて話をしないと。

幸か不幸か、訊きたいことはたくさんある。

「どうして、あんな噂を流したのですか？　わたくしがまるで、悪女のような」

エルネストから聞いた話を思い出しながら、問う。

「愚かな義妹が君の名前を騙っているのを聞いて、思ったんだ。君が悪評のせいでどこにも嫁げなくなれば、身分に劣る僕も求婚できると」

想像もしていなかった理由に、頭が真っ白になる。

（わたくしに、求婚……？）

なんのために？

身分が目的だろうか。レイブンズ家も古い歴史のある家だ。

それとも持参金？　そんな目的で、わざわざヴィオレッタの評判を落としたのだろうか。

——理解、できない。

「……なのに、あっさりと侯爵と結婚してしまうなんて。義父上の強欲さと、侯爵の厚かましさには参ったよ。自分は正しいという顔をしていながら、所詮は金目当てなんてさ」

嫌悪感を隠さない声に、ヴィオレッタは言葉を失った。

(この方は……本当にフェリクス様なの?)

信じられない。

彼はずっと、絵に描いたような品行方正の貴公子だったのに。

自分たちはただの級友で。深い関わりもないまま卒業したのに。

――これではまるで、ヴィオレッタに執着心を抱いているかのようだ。

「だからもう一度、噂を流してみた。プライドを傷つけられて、あの男もさすがに激怒して君を放り出すと思ったのに……どうにもうまくいかないな。おかげで、君をこんなに待たせてしまった」

フェリクスは笑っている。

ヴィオレッタはやはり彼の言っていることが理解できない。

どうしてヴィオレッタの家族を、義妹と呼ぶのか。義父と呼ぶのか。

だが同時に、頭の片隅は冷静だった。

ヴィオレッタに届いた、エルネストが王都で浮気をしているという手紙――あれは、フェリクスが使用人のふりをして侯爵家に入り込み、紛れ込ませたのだろう。いま思えば、彼の筆跡とよく似ていた。神経質なくらい整った筆跡。

そうやって、この小屋を拠点にしながら、ヴィオレッタの近くに迫っていた。

まるで影のように。誰にも気づかれることなく。

(フェリクス様も異能を持っている……?)

フェリクスがゆっくりと窓際から離れ、近づいてくる。何とか逃げようと身を捩《よじ》るヴィオレッタだったが、動く前に上にフェリクスがずしりと圧し掛かってくる。

フェリクスの顔が――昏い瞳が、ヴィオレッタの目を覗き込んでくる。

「ヴィオレッタ……ようやく、ふたりきりになれたね」

どろどろとした熱い眼差しと、声。

――正気ではない。

「フェリクス様……これからどうするつもりです？」

ヴィオレッタは慎重に言葉を選び、声をかける。

さすがにヴィオレッタにもわかる。彼は自分に、愛憎ともいえる強い感情を抱いている。

ならばしばしの間、それに付き合うふりをする。

「あなたの領地へ行くのかしら？　それとも王都に戻ります？　いっそ国外へ逃亡ですか？」

――放火に、侯爵夫人の誘拐。余罪も山ほどありそうだ。

そしてヴィオレッタも――誘拐されたとなると、助かったとしても二度と名誉は戻らない。そんなもの、最初からないも同然だが。

それでも、生きてさえいれば、未来がある――……

「残念だけれど、僕たちには未来なんてない。ここで終わりだ」

フェリクスは悲しそうな顔で言う。

「終わり……？」

「ここで結ばれ、ここで終わろう。来世では誰よりも先に君を見つけて、抱きしめるよ」

――何を言っているのかわからない。

(もしかして、心中するつもり――？)

フェリクスの手が身体に触れる。

ヴィオレッタは恐怖で声ひとつ出せない。自分の身体に何が起きているのかわからない。

――嫌だ。嫌だ嫌だ嫌だ。

触られるのも、殺されるのも。

もっと生きたい。見たい景色がたくさんある、のに。

(エルネスト様――)

――死にたくない。生きたい。

この地の豊穣の景色が見たい。喜んでくれる姿が見たい。

「……いや、触らないで……」

震えながら、喉の奥から声を絞り出す。次の瞬間、頬に衝撃と痛みが走った。

「僕のヴィオレッタは、そんなことは言わない」

冷たい声が、ヴィオレッタの心臓を突き刺す。身体と心が冷え切って、動けない。

フェリクスは笑っていた。

「安心していいよ。影がすべてを隠してくれる。誰も僕たちを邪魔できない……」

――その瞬間。

轟音と共に、部屋の扉が突き破られる。

「ヴィオレッタ！」

力強い声が響き、壊れた扉を乗り越えて、エルネストが飛び込んでくる。

雨の中を駆け続けてきたのか、コートは雨と泥で汚れていて、髪からも水が滴っている。

「なっ？　――どうしてここが――」

驚きで動きを止めたフェリクスの顔面に、エルネストの拳が突き刺さる。

フェリクスの身体はあっさりと吹き飛ばされ、物凄い音と共に壁に叩きつけられた。

骨の何本かは確実に犠牲になっているだろう。

エルネストはその場に崩れ落ちたフェリクスの首元をつかんで、片手で持ち上げる。

「いますぐ、ここで殺してやりたいが……」

放り投げるように、部屋の隅に突き飛ばす。また、物凄い音がした。

「その血に感謝しろ。貴様は王都で裁判にかける。少しでも生き長らえたければ、逃げようとは思うな」

――係争や罪は、裁判所によって裁かれる。貴族とて例外ではない。

特に重要な審判は、貴族会議の場にて、女王の御前で行われるのが習わしだ。

事実をつまびらかにし、禍根を残さないように。そして記録するために。

「すべての事実と、貴様の罪を明らかにさせる」

「……ハ、ハハッ……すべてを、明らかに……？　そんなことをすれば、また彼女が好奇の視線に晒される……いや、それが侯爵の望み、かな……」

フェリクスは意識を手放したのか、そのまま動かなくなった。

エルネストは彼を一瞥《いちべつ》もせず、ヴィオレッタの方へやってきた。

そして、ヴィオレッタの腕を拘束する縄を解いていく。その手があまりにも優しくて、安堵の涙が込み上げてきた。

「——ヴィオレッタ。怖い思いをさせてすまなかった」

「いいえ、いいえ……わたくしも不注意で……来てくださって、ありがとうございます……」

「君が謝ることではない。私の失態だ」

エルネストは濡れたコートを脱ぎ、その下に着ていたジャケットをヴィオレッタの肩にかける。

そのぬくもりによって、ヴィオレッタの寒さと震えが鎮まっていく。

「すまない……これから、君をもっと苦しめることになるかもしれない」

そう言うエルネストの方こそが苦しそうだった。

——裁判が行われれば、すべてが明らかになり、記録される。ヴィオレッタの無実は証明されるだろうが、人々の好奇の目に晒されるのは避けられない。

彼の正義が、秩序が。

彼自身を苦しめているように見えた。

「——エルネスト様。わたくしは、恥ずかしいことなど何もしていません」

ヴィオレッタはエルネストの顔をまっすぐに見つめ、言った。

「何も知らない方々に、何を言われようと構いません。エルネスト様がわかってくださっているのなら、わたくしは何も怖くないのです」

心無い人にどんなことを言われても。

「大丈夫ですから――あなたの正しさを貫いてください」

「………」

エルネストは無言でヴィオレッタを抱きしめた。

（……え、ええっ？　エルネスト様!?）

驚きで声も出ない。

心臓がどうにかなりそうなくらい飛び跳ねている。

「………」

大きな身体は暖かくて、力強いのに優しい。包み込まれていることに、自分のすべてを受け入れてもらえていることに、言葉にならない喜びを感じた。

――ずっと、このままでいたい。

そう思った刹那、部屋の隅で小さな物音がする。

意識を取り戻し、何とか身を起こしたフェリクスが、ふらふらと逃げ出そうとしていた。

「……愚か者が」

エルネストは追いかけることもせず、忌々しげに呟く。

その声の冷たさと、追いかけないことに戸惑っていた次の瞬間、外から悲鳴じみた怒声が聞こえてくる。そしてそこに、獰猛《どうもう》な獣の鳴き声がいくつも重なる。

窓から外を見ると、狼や犬の群れが、フェリクスに飛び掛かって爪や牙を突き立てていた。

(――ヴォルフズ……)

――この国の貴族たちは、異能の力を受け継ぐ。

だが、力のほとんどは時代の流れと共に失われ、具体的にどんな能力を持っているのかも秘匿されている。家名だけが、その名残を残している。

ヴォルフズ家はきっと、犬や狼との強い絆を結べるのだろう。

――狼の領地で、狼の怒りを買い、逃げられるものなどいない。

フェリクスの身体が引き倒されようとした刹那、風を切る轟音が響く。

黒鋼鴉《ナイトレイブン》の鳴き声が、夜の空気を引き裂いた。

(クロ?)

黒鋼鴉――クロが獰猛な目を光らせながら空から降りてくる。そして一瞬でフェリクスを爪で掴んで地上から引き剝がす。

そしてそのまま高く飛び去り、夜空の奥へと消えていく。まるで、一瞬の雷撃のようだった。

「クロ……」

クロの消えていった夜空を見つめる。

人間は襲わないようにと躾けていたのに。

「……君を傷つけられて、彼も怒っているようだな」

「…………」

黒鋼鴉は頭のいい鳥だ。フェリクスに付いていたヴィオレッタの匂いと、状況からすべてを察したのかもしれない。

「ヴィオレッタ、ひとまず帰ろう。私たちの家へ」

「――は、はい」

返事をした瞬間、ふわりと抱き上げられる。

「えっ――ええっ？　だ、大丈夫です、自分で歩けます！」

この格好はとてつもなく恥ずかしい。降りようとするが、降ろしてもらえない。

「だが、雨が降って足場が悪い」

「悪い足場には慣れています。お米を育てるには、泥だらけの田んぼに入らないといけませんから」

「ヴィオレッタ」

真剣な声で名前を呼ばれ、どきりとする。

「少しだけ我慢してほしい。私が、君を離したくないんだ」

「……は、はい……」

エルネストにそう言われては、抵抗できない。

ヴィオレッタはようやく観念し、せめて少しでも負担が軽くなるようにと、エルネストの首に腕を回して抱き着いた。

エルネストはヴィオレッタを抱えたまま、安定した足取りで外に出る。

いつの間にか、周囲には狼や犬たちがエルネストに付き従うように歩いていた。その中には、屋敷で飼っている犬たちもいる。ヴィオレッタによく懐いてくれているアンバーもいた。

——ああ、やはり。

彼は群れのリーダーなのだ。

「……ヴィオレッタ、怖くはないか？」

「ええ。みんな優しくて賢くて勇敢で、可愛い子たちですもの」

泥だらけで尻尾を振る犬たちや、誇らしげな狼たちを見て、微笑む。

「そうか」

エルネストが安心したように言う。その声を聞いて、ヴィオレッタも嬉しくなった。

「……パーティが台無しになって、皆には悪いことをしてしまいましたね。せっかくのドレスも汚れてしまって……」

せっかく皆が用意してくれたパーティ、用意してくれたドレスだったのに。

「君の無事に勝ることはない」

「………………」

——エルネストは、訊いてこない。ヴィオレッタがどんなことをされたのか。

誘拐されて男と共にいたのだ。不貞を疑われても仕方がない。

（……わたくし、もうここにはいられないかもしれない）

侯爵夫人に相応しくないと思われても仕方ない。王都に送り返されても文句は言えない。

（――言わないと……）

エルネストからは言いにくいだろうから。

自分から言わないと。

――離婚しましょう、と。

その時、空にかかっていた雲が晴れて、月が姿を現す。

満月の光が、エルネストの姿を照らす。

雨に濡れた銀色の髪が月光を受けて淡く輝く。

青い瞳と、目が合う。

「――ヴィオレッタ、君は美しい」

「…………」

「何があろうと、君の美しさが陰ることはない」

ヴィオレッタは、何も言えなくなってしまった。心を奪われ、何の言葉も思いつかない。

身体から力が抜けてしまったヴィオレッタを、エルネストが優しく抱え直してくれた。

ここにいていいのだと、安心していいのだと言われているかのようで。

自然と、涙が滲んできた。

「収穫祭は盛大に祝おう。きっといままでで一番の賑わいになる」

「……その時も、一緒に踊ってくださいますか？」

「ああ、勿論だ。誰にも譲るつもりはない」

その後ほどなく、ヴィオレッタを探しにきてくれた人々と合流し、屋敷に戻る。その間ずっとエルネストに抱えられたままだった。

誰もがヴィオレッタの無事を喜んでくれた。領民も、使用人たちも。

屋敷に入ると、セバスチャンが大急ぎでやってきた。

「奥様、ご無事でしたか！　ああ、このセバスチャン、心臓が止まるかと思いましたぞ」

「まあ。引退はまだまだ早いわよ、セバスチャン」

冗談めかしながら笑うと、セバスチャンは申し訳なさそうに頭を下げる。

「奥様、申し訳ございません。クロがあまりに真剣に訴えるものですから、小屋の扉を開けてしまったのです」

「まあ。セバスチャンもクロとお話ができるようになったのね」

「そういうわけではないと思いますが……クロは、戻ってくるでしょうか？」

「すぐに戻ってくるわ。わたくしのいる場所が、クロの家だもの」

――翌朝に戻ってきたクロは、自分で小屋に入って静かに眠っていた。

まるで何もなかったかのように、平和そうに。

（クロ、おかえりなさい）

ヴィオレッタはクロの傍にしゃがみ、そのつやつやの毛並みを何度も撫でた。

――もし、クロが罰せられるようなことがあれば、自分が責任を取る。

クロはヴィオレッタの大切なパートナーで、騎士で。

かけがえのない、家族なのだから。


――その後。

容疑者行方不明のまま調査が進められ、フェリクスが盗み出したと思われる侯爵家の使用人服や馬車などが、小屋の周囲で見つかった。

だが、本人がどこへ消えたのかは誰にもわからず、その後、彼が表に出てくることもなかった。

その後の捜査で、フェリクス・シャドウメアがヴィオレッタの悪辣な噂を流布した証言や証拠が出てくる。

そうして少しずつ、ヴィオレッタの名誉は回復されていくことになる。


夜に降った大雨の後は、素晴らしい天候に恵まれた。

晴れが続いて小麦の収穫は順調に進み、今年は大豊作で確定した。穀物倉庫に入りきらないくらいだった。

すべての収穫作業が落ち着くころには、涼しい秋風が吹き始める。

ヴィオレッタは気分転換を兼ねて、働きづめのエルネストを誘って外に出かけた。見晴らしのいい近くの丘へ、馬に乗って出かける。

丘の上で馬から降りて、ヴィオレッタはエルネストの隣に立つ。

同じ風に吹かれながら、同じ景色を見つめた。

刈り取りが終わって金色に染まる畑と、クローバーの緑の野原、そして遠くの山々や森。どこまでも続いていく大地。

——この地はこれから、もっともっと豊かになっていく。

ヴィオレッタはその未来に向かって走り続けたい。この地に生きる人々と。

「素晴らしい景色ですね」

「ああ……」

そう答える彼の瞳は、ずっと遠くを見つめている。

「エルネスト様は、何を見ているのですか?」

「……この先のことを考えていた。来年のこと。これからずっと先のこと——」

少し躊躇いがちに零された言葉に、ヴィオレッタの胸が弾んだ。

「では、わたくしたち、同じ未来を見ているのですね」

同じ未来に向けて、支え合いながら進んでいけたら、どれだけ素敵だろう。

微笑むと、エルネストもわずかな笑みを浮かべる。

「——以前は、ここから見える景色には、己の無力感しか感じなかった。だがいまは、光り輝いて見える……君のおかげだ。ヴィオレッタ」

「わたくしは、少しだけ手を貸しただけですわ。この大地が素晴らしい場所なんです」

心から言うと、エルネストは嬉しそうな――だが少しだけ寂しそうな表情を浮かべた。

視線が、遠くから近くへ――そして、足元に広がる緑に向けられる。

「それにしても、すごいクローバーだな」

「ええ、種をたくさん蒔きましたから。クローバーは土も豊かになりますし、家畜用の牧草になりますし、ミツバチの蜜源にもなりますし、強いですし――四輪作には欠かせないものです」

ヴィオレッタは歩き回りながら、クローバーが群生している場所にしゃがみ込み、ふわふわの葉を覗き込んで手を伸ばす。

「何をしているんだ？」

「四つ葉のクローバーを探しているんです。見つけると幸せになれるって言われているんですよ。でも、なかなか見つからないんですよね。わたくしもいままで一度しか見つけたことがなくて」

機会があれば探しているが、やはり見つからない。諦めて立ち上がる。

「先にお昼にしましょうか。今日はスペシャルなお弁当なんですよ」

持ってきていた荷物の中から、厚手の布を取り出してクローバーの上に広げる。ランチボックスを持って、布の上に座る。

「エルネスト様も、こちらへ座ってください」

草原に並んで座り、ランチボックスを開けた。

中には、見た目も鮮やかなライスバーガーが四つ詰まっていた。

「今回はわたくしの手作りなので、少し不格好なんですが……ちゃんと味見はしていますからね」

中身の具材は、甘辛く味付けした牛肉と、サラダ菜。そしてマヨネーズ。

学園であの日、エルネストに食べてもらったのと同じレシピだ。

二人で食べるなら、これがいいと思った。

「王都のお店の味とは違うと思いますが、どうぞ」

「だが、あの店も、君が関わっているものなのだろう？」

ヴィオレッタは目を丸くする。

そのことは、ごくわずかな人間しか知らないはずだ。

「食べるたびに、君のことを思い出していた。そしていつも、何かが足りないと思っていたが……」

言いながら、ライスバーガーを手に取る。

しっかりと味わうように食べて、口元に笑みを浮かべる。

「……ああ、そうだ。この味だ」

「エルネスト様……もしかして、覚えていらっしゃったりします？」

何がとは言わず、問う。

「忘れられるわけがない」

はっきりと言い切られる。

「……あの頃は、爵位と仕事を継いだばかりで、食事をする暇もないぐらいだった。あれが久しぶりのまともな食事で、君に言われてからは、食事と睡眠だけは気をつけていた」

――覚えられていた。何もかもしっかりと。

そしてヴィオレッタの言葉を聞いてくれていたことに、胸が熱くなった。

エルネストはライスバーガーをひとつ食べ切ると、深く息を吸い込んでゆっくりと吐き出した。

「……君があの時の彼女だと気づいたのは、縁談を持ち掛けられ、初めて顔を合わせた時だ。浮かれると同時に、勝手に裏切られたような気持ちになった。君の噂だけは聞いていたからな」

「……浮かれたんですか？」

「ああ。ずっと探していた相手と会えたんだ」

「…………」

「だが、噂の真偽を確かめるのが恐ろしくて、調べ切ることができなかった。感情の整理も付かないまま式を迎え――君に、酷いことを言ってしまった」

「……エルネスト様。もしかして、ですけれど……わたくしのことを、あまり嫌いではなかったりします？」

自惚れだと思うが。

エルネストの話を、どうしても自分の都合のいい方に捉えてしまう。

そんなわけがないと思いつつも、鼓動が速く、強く、なっていく。

エルネストの眼差しが、まっすぐにヴィオレッタに向けられる。

そして、何かを握った手が差し出される。

ヴィオレッタが受け取るように手を広げると、その上に四つ葉のクローバーが置かれた。

——幸福の証が。

「ヴィオレッタ、私は君を、愛している」

「……エルネスト様……」

四つ葉のクローバーを持つ手が震える。

「出会えてから、ずっと君のことを考えていた。結婚して、君のことを知るほどに、惹かれていった。君を守り、幸せにしたいと思っている。……だが、この気持ちを押し付けるつもりはない」

「……え？」

「離婚もいつでも応じるつもりだ。あと二年経てば、周りの理解も得られるだろう。誰にも君を責めさせはしない」

「…………」

浮き上がった熱情が、奈落の底に突き落とされる。

エルネストの眼差しは、苦しいほどにまっすぐだった。

「君は自由だ、ヴィオレッタ」

優しい声が、残酷に響いた。

「……そう、ですか」

ヴィオレッタはクローバーをそっと握りしめ、腹を決めた。

「──では、自由にさせていただきます」

エルネストに身体を寄せ、その唇に、小鳥がついばむようなキスをする。

驚きで息が止まっているエルネストの青い瞳を見つめる。

「わたくしは、エルネスト様が好きです。あなたの子どもが欲しいです」

嘘偽りのない本当の気持ちを、素直な言葉に乗せて伝える。

「……ヴィオレッタ……本気、なのか？」

ぎこちない問いに、頷く。

「はい。わたくしたちは政略結婚ですが……貴族としての義務だからではなく、あなたと本当の夫婦になりたいのです。……叶えてくださいますか？」

信頼し合い、尊敬し合い、強く結びついた夫婦になりたい。

跡継ぎのためだけではなく、愛し合って生まれる子どもが欲しい。

この地で、この場所で、愛する家族をつくっていきたい。

「……本当に、構わないのか？」

「はい。あなたのことを、誰よりも愛していますから。きっと、初めてお会いした時から」

「……私も、同じ気持ちだ」

熱を帯びた言葉と共に、手が握られる。

ヴィオレッタはエルネストに身体を預け、引き寄せられるままに夫を抱きしめた。

同じ気持ちで、同じ未来を夢見ている。

それが嬉しくて、奇跡のようで、愛しさが溢れ出してくる。

このままずっと、共に生きていきたいと思う。

「愛している、ヴィオレッタ」

再び重なった唇は、とても熱かった。

エピローグ　黄金の時間

――冬の訪れを近くに感じる日。

ヴィオレッタは居間の暖炉の前で、綴られた書類を手にエルネストと話す。

「ですから、小麦を挽くための水車小屋をもっと増やしたいのです。既にもうフル稼働状態ですし、これからもっと収穫量が増える予定なのですから、設備投資をしないと」

「そうなると、王都で水車職人を手配しないとならないな……」

「レイブンズ領にもいい職人がいますから、お父様とおばあ様に話を通しておきますわね」

領地のこれからについて話していると、どこかから甘い香りがふわりと漂ってくる。

ヴィオレッタは読んでいた資料に四つ葉のクローバーの栞を挟み、机の上に置く。

「少しだけ失礼しますね。お茶を用意してもらいます」

白キツネの毛皮を羽織って、居間から出る。台所へ向かうと、近づくほどに甘く香ばしい匂いが濃くなっていく。

そこではいま、特別なプロジェクトが進行していた。

台所に入ったヴィオレッタは、オーブンの前にいるテオに声をかける。

「テオ、例のものの調子はどうかしら？」

「ばっちりですよ、奥様。ちょうど焼き上がりです」

オーブンからケーキの焼き型が取り出されると、湯気と豊潤な香りが立ち昇る。テオがそれに大きな皿を当てて、くるりと引っくり返して型を外せば、焦げ茶色のケーキが姿を見せる。

「まあ……！　素敵！　素晴らしいわ！」

それはまるで秋の夕暮れ。

均等に並ぶ薄切りのリンゴ上に、わずかに焦げたキャラメルソースがかかっていて、きらきらと光を反射している。スポンジ部分にもキャラメルソースが染み込んで、魅惑の美しさを放っていた。

「——黄金糖のアップルキャラメルケーキ……こんなにうまくいくなんて」

ヴィオレッタがイメージを膨らませて絵を描き、テオに試作してもらったケーキが、宝石のように輝いていた。

「正直、いますぐ食べ尽くしてしまいたいくらいっす。これはレボリューションですよ！」

テオは興奮しながら同じケーキをオーブンから取り出していく。

ずらりと並ぶ、三台のケーキ。

「——これは、とても良い香りですな……」

香りに誘われたかのように、セバスチャンが台所にやってくる。

「セバスチャン、これこそが甘味レボリューションよ！　ヴォルフズ領のリンゴと黄金糖、バター、小麦粉を使った黄金糖のアップルキャラメルケーキ！」

「お、おお……セバスチャンにも、このケーキの無限の可能性を感じられます……！　これが、これこそがレボリューション……」

セバスチャンの声も感激で震えていた。

「名前は、そうね……甘露リンゴの黄金ケーキ——いえ、もう少しシンプルに、ゴールデンルビーとか、とにかく豪華に行きたいわね」

「とても良い名でございます」

「ありがとう。これは絶対に商品展開していくとして……まずは旦那様に食べていただきましょう。きっと、すごく驚かれるわ」

ヴィオレッタはケーキの中から一番きれいに焼けているものを選んだ。

「他の分は皆で食べて感想を教えてちょうだい。セバスチャン、これを居間の方に、紅茶と一緒に運んできて」

「かしこまりました」

ヴィオレッタは台所から出て、居間に向かう。

エルネストの驚く顔を想像するだけで、わくわくが止まらない。

足取り軽く歩いていると、どこからともなく黒鋼鴉《ナイトレイブン》の鳴き声が聞こえてくる。

（……あの声は——もしかして、ブラックサンダー？）

急いで玄関から外に出ると、冷たい風と砂が舞い上がり、黒鋼鴉が降りてくる。

その背に乗っているのは、金髪の青年——ヴィオレッタの兄のオスカーだった。

「出迎えご苦労」

鞍の上から偉ぶって言う。

久しぶりに会ったのに、まるで昔のままだ。

「せめて、来る前に手紙をいただけません？」

「手紙よりこっちの方が早いしなぁ」

言いながら鞍から降りる。

オスカーの言い分はよくわかるので、強く言えない。レイブンズ家は情報伝達能力で重用された歴史があるらしいが、先祖はさぞかし大活躍だっただろう。

「――で、調子はどうだ？」

「順調です。今年は素晴らしい実りで、質も量も大満足な大豊作でした。次はもっともっとよくなりますよ」

「農業の方じゃなくてな……」

やや呆れたように言いながら、ヴィオレッタに顔を近づけてくる。

「お前自身だよ」

うまく夫婦ができているか――ということだろうか。

結婚は家同士の契約だ。レイブンズ家を継ぐオスカーとしても気になるところなのだろう。

「順調です」

ヴィオレッタは赤らむ頬を押さえながら笑う。

「……ならいいんだけどな。来年の社交シーズンは、かの侯爵の氷を、春のスミレが溶かしたとか騒がれるだろうな」

「まあ。それはむず痒いですね」

想像するだけでおかしくて笑ってしまう。

「他人事だな」

「社交界に出る予定はありませんし」

「侯爵夫人が何を言ってるんだか。いまはよくても、いずれ出なきゃならないぞ」

「そうですね……」

侯爵の妻なのだから、パートナーを伴うパーティや式典には、いずれ出なければならない。

「その時はその時です。ですが、わたくしのせいでエルネスト様が悪く言われると困りますね」

ヴィオレッタが王都に行き、エルネストと共にいることで、噂が再燃するかもしれない。

「自分のことよりそっちの方が心配か。噂のことは気にするな。リーヴァンテ公爵の令嬢が、にこやかに否定してくださっているからな」

「まあ……それは嬉しいですね」

近々王太子妃になるアイリーゼが味方をしてくれているのなら、ヴィオレッタを悪く言う人々はいなくなるだろう。

「お礼に、春になったらバラとスミレの黄金糖漬けを贈りましょう」

アイリーゼはスミレの砂糖漬けが好きだった。黄金糖漬けもきっと気に入ってくれるだろう。

「――黄金糖ってなんだ？」

オスカーの声がほんの少しだけ低くなっていた。

「………」

「お前から漂う甘ったるい匂いはなんだ？」

「……まだ、秘密です。もう少し軌道に乗ってからお話しします」

甘カブの増産は順調だが、まだまだ黄金糖を流通に乗せられる段階ではない。本格的に進められるのは次の春からだ。

「この兄に秘密か、ヴィオ」

「あら？　妹の秘密を聞き出そうということは、味方になってくださるということですね。お兄様が協力者になってくださるのなら、とても心強いです」

ヴィオレッタが笑うと、オスカーはわずかに口元を引きつらせる。

「……ったく。どうやら、かなりいい商売になるみたいだな」

「あら、顔に出ていましたか？」

「お前がニコニコしてるのは、食べ物のことと商売のことを考えてる時がほとんどだ。綺麗になっても中身は相変わらずだな」

「まあ。お兄様は紳士になられましたわね」

ヴィオレッタの外見を褒めるなんて珍しい。会っていない間に、紳士としての経験値が積まれているようだ。

その時、玄関から誰かが出てくる気配がする。

振り返ると、エルネストがいた。オスカーを見て、驚きもせずに言う。

「オスカー……相変わらず神出鬼没だな」

「義兄上と呼べ」

エルネストは渋面を浮かべる。そして、少し間を置いて。

「……義兄上」

「やめてくれ、むず痒い」

「同感だ」

遠慮のないやり取りを聞きながら、ヴィオレッタは不思議な気分になった。

この二人が顔を見合わせて会話をしているのを見たのは初めてかもしれない。

なのに、この親しげな空気感。

「お二人は仲がよろしいのですか？」

「全然」

「まったく」

同じタイミングで否定され、ヴィオレッタは苦笑した。

「すごく気が合うじゃないですか」

貴族学園でも同学年で、対として女子生徒たちに憧れられていた二人だ。

そしてこの親しい雰囲気。きっと学園時代も仲が良かったのだろう。

二人は同じような複雑そうな表情を浮かべ、お互いに顔を逸らした。

「……それより、シャドウメアの方はどうなったんだ」

「おそらく、永遠に行方不明だ」

「はあっ？」

驚くオスカーに、エルネストは冷静に続ける。

「我らと黒鋼鴉の怒りを買ったのだから、当然の帰結だ」

「……それなら仕方ないな。何も出てこないならいいだろ。ごちゃごちゃするだけなら、いっそ消えてもらった方がいい……」

声を潜めて何かをこそこそ話し合っている。

オスカーの呟いた内容は、ヴィオレッタにはよく聞こえなかった。秘密の話のようなので、聞かないようにした。

「――それで、何をしに来た。言っておくが私は休暇中だ」

「用があるのは義弟にじゃなくて妹だ。――ヴィオ」

名前を呼ばれ、ヴィオレッタは背筋を伸ばした。

「はい」

「家に帰ってこないか？」

「――実家にですか？」

オスカーの表情は真剣だ。

具体的に考える前に、エルネストがヴィオレッタを庇うように前に立つ。

「どういうつもりだ」

「凄むなよ。家族がヴィオに会いたがっているだけだ。別に連れ戻す気はない。まあ、不幸にさせてるなら無理やりにでも連れて帰るつもりだったけどな」

「わたくし、幸せですよ」

白い毛皮に包まれながら、自信を持って言う。

「不幸だったら、すぐにでもクロに乗って帰っています。お兄様もそのために、クロを来させてくれたんでしょう？」

「ああそうだ。いつでも帰ってきていいぞ」

「はい。……あら？　エルネスト様、顔が真っ青ですよ」

エルネストの顔色がかなり悪い。表情も暗い。

「風邪を引いたのでしょうか。今夜は滋養のあるものを作ってもらいましょうね」

献立を考えていると、エルネストが真剣な表情でヴィオレッタの顔を見つめてきた。

「……ヴィオレッタ、不満があるなら言ってくれ」

「不満なんて――」

「改善する……！」

「本当にありませんから、落ち着いていてください」

いったいどうしたのか。やけに思い詰めている。

困惑するヴィオレッタの後ろで、オスカーが大声で笑い出す。

「これは本当に心配なさそうだな。一時はどうなることかと思ってたけど」

振り返ると、菫色の瞳が笑っていた。

「ヴィオ、幸せなのはわかったが、一度はこっちにも顔を見せに来てくれ」

「そうですねぇ」

そうは言われても、一度嫁いだ身なのだから、軽々しく帰るわけにはいかない。

この地の生活に不満はないし、エルネストのこともなんだか心配だ。

それに、実家は結構遠い。ここから王都まで黒鋼鴉で半日以上かかる。実際は休憩も必要なので、二日はかかる。

「──ルシアも、幸せにしているお前を見たら少しは安心するだろ」

「ルシアがですか？」

妹の名前が出てきて驚く。

「元々引きこもりがちになってたが、お前が結婚してからは悪化してたな」

「まあ……そうなのですか……」

──まさか、ルシアがそこまで気にしていたなんて、思ってもいなかった。

ヴィオレッタの噂が発覚した時と、結婚が決まった時はかなり気落ちしていたが、もうとっくに元気になっていると思っていたのに。

心配だが、ヴィオレッタはもうヴォルフズ家の人間だ。簡単には帰れない。

「お兄様、ルシアにここに来てもらうことはできないでしょうか？」

ルシアに黒鋼鴉に乗ってきてもらうのが一番話が早い。外出禁止令が出されているはずだが、ここに来るぐらいなら許されるだろう。

「物理的に無理。あいつ黒鋼鴉に乗れないし。体力もない。馬車の長旅でも耐えられないだろう」

――馬車で王都からここまで約十日。しかも道も悪い。

「そうですか……やはり、わたくしが行かないと始まらないですね」

「――ヴィオレッタ、無理をしなくていい。たとえ家族が相手でも、君が我慢をする必要も、無条件に許す必要もない」

「エルネスト様……」

エルネストの言葉に、ヴィオレッタは胸があたたかくなる。

寄り添おうとしてくれる気遣いが嬉しい。大切にしてくれているとわかるから。

「エルネスト様、わたくしとっても幸せです。結婚してからずっと。その思いは毎日強くなります」

「ヴィオレッタ……」

「だから、家族にも自慢したいんです。わたくし、とっても幸せよって。わたくしの旦那様は素晴らしい人よって。いっぱい自慢したいんです。我慢なんてしませんん」

エルネストの息が詰まり、顔にさっと赤みが差す。

少し不器用だけれど可愛らしい人だと、いっぱいいっぱい自慢したい。

だから、決めた。

「――お兄様」

くるりと振り返り、オスカーの顔を見つめる。

「春になって種蒔きを見届けて、エルネスト様が王都に戻られたら、クロに乗って王都にいきます」

「助かる。お前には苦労かけるな。今度礼をするよ」

「とっても楽しみです。期待していますわね」

「でも、本当にいいのか？」

「はい。会いたい方々もいますし、王都のいまの流行も見ておきたいですし」

店にも顔を出したいし、友人たちにも会いたいし、マグノリア商会と話もしたい。

やりたいことがたくさんある。

楽しみに胸を膨らませていると、エルネストが割って入ってくる。

「……それなら、別々にではなく、私と一緒に王都に行った方がいい」

「馬車だとかなりかかりますし……クロなら行きも帰りも早いですもの」

馬車での長旅はとても窮屈だ。クロとなら気持ちよく空を飛べる。

難色を示すエルネストの手を取り、ヴィオレッタは微笑んだ。

「いいでしょう？　エルネスト様」

――たっぷりの沈黙の後。

「……ああ」

絞り出すような声で言う。

その様子を見ていたオスカーが、小さく呟く。

「女王の番犬もすっかり形無しか……我が妹ながら恐ろしいな」

「――そうと決まれば、お兄様」

ヴィオレッタはエルネストの手を握ったまま振り返る。

「ルシアに先に伝えておいてください。まずは黒鋼鴉に乗れるようになりなさいって。それまでは絶対に許しませんって」

オスカーは口元をわずかに引きつらせた。

「随分、スパルタな課題が来たな」

「スパルタは、レイブンズの伝統です！」

「変なことを言うな。そんな伝統はない……」

「そうでしたか？　それはともかく、わたくしが王都に行った時にまだ乗れていなかったら――」

「たら？」

「わたくしが猛特訓してあげます！　かつてお兄様から猛特訓を受けた時のように！」

「変なことを言うな。優しく教えてやっただろ？」

オスカーはエルネストの方に視線を向けながら、やや焦ったように言う。

「ふふっ、まずは体力作りからかしら。それとも土虫に慣れるところからかしら」

何年かかっても飛ばせてみせる。絶対に。

レイブンズ家の人間には翼がある。どこまでも自由に飛んでいけるのだと、教えたい。

「――さあ、そろそろ中で温まりましょう。ブラックサンダーも休ませてあげないと」

冷たい風を感じながら、オスカーの乗ってきた黒鋼鴉を見つめる。王都からここまでは長旅だ。

たっぷりとねぎらってあげないと。

――その時、灰色の空からひらひらと白い雪が舞い落ちてくる。


「冬が来ましたね」

この地で過ごす二度目の冬が。

そして今年の冬は夫と一緒だ。去年にはできなかったことがたくさんできる。

農地や水路、屋敷の整備計画も。狩りも、新しい料理や菓子の試食会も。

胸をときめかせながら、ヴィオレッタはエルネストの腕に手を添える。

「お茶にしましょう、エルネスト様、お兄様。きっとすごく幸せな時間になりますよ」


居間には、やや酸味のある深く甘い香りが満ちていた。

テーブルの中央には、既に三人分のお茶の準備が調えられている。

黄金糖とリンゴのキャラメルケーキが。

美しい焦げ茶色の表面には、焼き上げた際にキャラメルソースが作り出した独特の艶がある。

まるでパティシエ渾身の飴細工。夕焼けを閉じ込めたような美しさ。秋の祭典。

「これは、いったい――」

「ケーキが、光ってる……？」

　エルネストもオスカーも驚きの表情でケーキに見入っていた。

　ヴィオレッタは微笑む。

「ヴォルフズ領で生まれた黄金色の砂糖――黄金糖と、リンゴ、今年の小麦、バターでつくった、黄金糖のアップルキャラメルケーキ――その名もゴールデンルビーです」

　丸いケーキが切り分けられ、それぞれの前に紅茶と共に置かれていく。

「さあ、いただきましょう」

　煌めくケーキを一口食べる。

　キャラメルの甘さとリンゴの酸味を感じたその瞬間、幸福感が全身を駆け巡る。

（これはまさに、甘味の大革命……！）

　閉じた瞼の裏に、広大な大地と夕焼けの空が見える。黄金に輝く夕陽が見える。

　この甘さはいずれ王国中――更には世界にまで広がり、庶民も貴族も王族も魅了していくだろう。

　新しい世界の始まりが、ここにある。

「甘さで脳が、焼かれる……ヴィオ、お前はなんてものをつくるんだ……」

「これは……すべてのものに幸福をもたらす奇跡だ」

「そうでしょう？」

「黄金糖か……報告では聞いていたが……」

エルネストは神妙な顔でゴールデンルビーを見つめる。

「こちらが、黄金糖の実物です」

ヴィオレッタはテーブルの上に、透明な瓶を置く。中には琥珀を砕いたような砂糖——黄金糖が入っていた。

エルネストとオスカーが、食い入るように瓶を眺める。

「なるほど。まさしく黄金のような輝きと、滋味のある甘さだった。こんなものまで作ってしまうなんて……」

「この地でのみ育つ甘カブから生まれたものです。この地の気候、この作物、そして育ててくださる方がいなければ、存在しなかったものですわ」

——この地だからこそ生まれた奇跡。

ヴィオレッタが微笑むと、エルネストは少し困惑したような、だがどこか嬉しそうに微笑む。

「いかがです？　世界の半分ぐらいは取れそうな品物でしょう？」

「お前は相変わらずスケールがでかいな」

オスカーが少し呆れつつも称賛するように笑う。

「普通の砂糖よりやや雑味があるが、これはこれで味わい深い。で、いくらで売るつもりだ？」

早速商売の話になる。さすが兄である。話が早い。

「いまはまだ量が少ないので、そこまで安くはできませんが——白砂糖より安価で流通させられます。輸入する白砂糖より、輸送費も格段に抑えられますし」

「価格を抑えて普及を優先させるつもりか……お前らしいな」

「はい。いずれはどの家庭にも普及できるようにしたいですわね。少なくとも数年以内には、少し高級な……ですが頑張れば手が届くぐらいの存在にしたいです」

甘いものは幸福をもたらす。

そして活力を生み出す。

「それにはまず、貴族に買ってもらえるようにしないといけませんね。白砂糖もいいけれど、この黄金糖は素晴らしいですわねって褒めそやされるくらいに！　ですのでまずは、王都でわたくしが経営している店で出してみたいと思います」

――カフェ・ド・ミエル・ヴィオレで。チーズケーキで人気になった店は、貴族令嬢のファンも多い。特別な客人たちを招待して試食会を行えば、きっと広まっていくだろう。

「それもいいだろうが、せっかくのお披露目なんだ。もっと大々的な舞台を用意したらどうだ？」

オスカーが言いながら、手元のケーキを見つめる。

「舞台、ですか？」

「世界の半分取る気なら、演出も大事にしてみろ。これだけの品物なら焦らなくていい。まだ量もあんまりないんだろ？」

言いながら、ケーキを食べる。オスカーの顔に甘味がもたらした笑みが浮かび上がる。

ヴィオレッタはその提案に心が躍るのを感じた。

「そうですね……大規模なイベントで、多くの方々に魅力を伝えるのも素敵ですわね」

切り分けられたゴールデンルビーを眺める。

まるで宝石のような煌めきも、深い甘さも、キャラメルの香ばしさも。リンゴの酸味とバターの風味を調和させて奥行きを加えているのも、黄金糖の力だ。

この深い風味は、黄金糖でなければ再現できない。

「ああ。これは……本当に素晴らしいものだ。多くの人間を虜にするだろう。ヴィオレッタ、私に協力できることがあれば、何でも言ってほしい」

「ありがとうございます、エルネスト様」

あたたかな気持ちに満たされると同時、少し気恥ずかしさも感じる。

（なんとしても成功させたいわ。わたくしが素敵なパーティを主催できればいいのだけれど……社交界には疎いわたくしにできるかしら）

結婚前、王都にいた時も、ほとんど社交をしてこなかった。

パーティにもほぼ参加することはなかった。

貴族学園での学友以外に、誰に招待状を送ればいいかもわからない。

レイブンズ伯爵家夫人である母は、こういう交流が得意だった。王都に戻った時に相談してみることに決めて、ひとまずこの件はいったん保留にする。焦ることはない。

「――それで、お兄様。いつお戻りになられるのですか？」

オスカーは飲んでいた紅茶を置いた。

「飛びっぱなしで僕もブラックサンダーも疲れてるんだ。一晩ぐらい休ませてくれ」

ヴィオレッタは執事のセバスチャンを呼び、そっと問いかける。

「……セバスチャン、使える客室はあったかしら?」

「……一部屋でしたら、何とかご用意できます」

「では、大至急お願い」

「かしこまりました」

ヴィオレッタは頷き、オスカーに向き直る。

「もちろんですわ、お兄様。ゆっくり休んで英気を養っていってください」

「なんだよ、いまの間は」

「色々都合があるのです」

まだ修繕が後回しになっている場所もある。生活に必要な部分は優先的に修繕しているが、この地に貴人が来ることはないので、客室は一番後回しになっている。

いきなり来られて泊まると言われても困るのだ。

「――オスカー。わかっていると思うが、これから日を追うごとに風も雪も強くなっていく。あまり長居はしない方がいい」

「わかってるって。僕だって、新婚家庭に長居する気はないからな」

その後ヴィオレッタは、夕食の時間まで女主人の部屋で手紙を書いた。暗褐色のインクで上質な紙に言葉を綴る。

エルネストとオスカーはまだ居間で何やら話しているようだ。

積もる話もあるだろう。家を背負う者同士、仲良くしてほしいと思う。貴族社会で信頼できる味方がいるのはお互いに心強いだろうから。

(それにしても黄金糖のお披露目会、どうしようかしら)

手紙を書きながらも、そのことが何度も頭をよぎる。

——焦ることはないとわかっているが、考えておかなければならないことだ。

頭の片隅でずっと考えていれば、そのうちいいアイデアが思いつくだろう。

ひとまずいまは、できることをする。

(そういえばお母様も、よくこうやって手紙を書いていたわね。招待状や御礼状に挨拶状。ほとんど毎日書いていた気がするわ)

手紙を眺めながら、懐かしい気持ちになる。

元気になってからの母は、精力的に社交をしていた。生来社交好きなのだろう。パーティに参加したり、お茶会に参加したり主催したり、王城のサロンにもよく行っていた。

(もっとお母様のしていたことをよく見ておくべきだったわ)

その頃ヴィオレッタは農作業や商品開発に夢中になっていた。

その時に得た経験と知識が、いまの実りと幸福に繫がっているから後悔はない。

「ふふっ、まだまだできることはたくさんあるわね」

まだまだ色んなことができる。それを嬉しく思いながら、日が暮れるまで手紙を書いた。

——夜になると寒さも更に深まってくる。

三人での夕食会では、料理人が腕によりをかけた食事が振る舞われ、ヴィオレッタは身も心もすっかり温まった。

だが、オスカーは少々違うようだった。

「この寒さ、どうにかならないのか……？　下手すりゃ死ぬぞ……」

夕食後、客室に案内する際、オスカーが不満を零す。

「ヴォルフズ家には、こんな時のための強力な暖房があるんですよ。ね、セバスチャン」

前を歩くセバスチャンに声をかけると、セバスチャンは静かに頷く。

「もちろん、用意してございます」

到着した客室の中では、二匹の大きな犬が座っていた。

「犬？」

「アンバーとミロです。わたくしも、この地に来たばかりの冬はよく温めてもらいました。この子たちは特におとなしくて優しいですから、安心してください」

「…………」

オスカーは複雑そうな表情を浮かべ、犬たちに歩み寄る。

犬たちは尻尾を振りながらキラキラとした目でオスカーを見上げている。

オスカーは両手を伸ばし、二匹の頭をわしゃわしゃと撫でた。

「――よし。僕の命はお前たちに預けたぞ」

「では、おやすみなさい」


――翌朝、身支度を整えたヴィオレッタは、エルネストと共に食堂に訪れる。

オスカーはまだ来ていなかった。

「お兄様はどうされているのかしら？」

セバスチャンに問いかけると、執事は困ったような顔をした。

「お声かけはしたのですが……よく眠っていらっしゃるようでして」

「昔から寝起きが悪いのよね。起こしてくるわ」

「私も行こう」

エルネストと共にオスカーの泊まる客室に行き、扉をノックする。

返事はない。ヴィオレッタは構わず扉を開けた。

「おはようございます、お兄様」

ベッドに声をかけると、犬たちがさっと身を起こして、ヴィオレッタとエルネストを見つめる。

オスカーはまだ起き上がらない。

「お兄様、そろそろ起きてください。早く準備しないと、夜までに戻れませんよ」

王都からこの地まで、黒鋼鴉で半日以上かかる。黒鋼鴉は夜でも飛べるが、日がある内に距離を稼いだ方が安全だ。

ブラックサンダーはクロより速く、体力もあるが、所要時間はそう変わらないはずだ。

「戻りたくない……」

「お兄様？　もしかして体調が悪いとか？」

「こいつらと離れたくない！」

がばっと起き上がり、二匹の犬を抱きしめる。声には本気の寂しさが滲んでいた。犬たちは嬉しそうに、だが少し困ったように尻尾を振っていた。

「一晩で情が移ってる……でも、気持ちはすごくわかります」

一晩中一緒にいてくれて温めてくれて、愛しく思わないはずがない。ヴィオレッタも何度、彼らに助けられたことか。

強く言えないでいると、エルネストが少し呆れたように息をつく。

「どうせなら春までいるか？　これからますます寒くなるが」

「帰る」

冗談交じりの提案に、短く即答してくる。

だが、犬たちを見つめる菫色の瞳には寂しさが浮かんだままだ。

「――なあ、お前ら。家に来ないか？」

「連れて帰ろうとするな」

「絶対可愛がるから」

「却下だ却下。早く支度をしろ」

食堂で三人で朝食を取り、オスカーが支度を整えるのを待って外に出る。

庭では一晩休んで元気いっぱいになったブラックサンダーが、目を輝かせて主を待っていた。

「お兄様、またぜひ遊びに来てくださいね。次は、できたら先に連絡を入れてください」

あらかじめ来ることがわかっていたら、もっともてなす準備ができたのに。時間の余裕があれば、一緒に空を飛んで、この地を案内できたのに。

「まあ、そのうちな。それよりも、お前が王都に来る方が先だろ？」

「では、次にお会いできるのは春の農繁期が終わってからですね」

ヴィオレッタは用意していた荷物をオスカーに渡す。中身は、サンドイッチと甘めの焼き菓子。重いと黒鋼鴉の負担になるため、できるだけ軽くした。

「早めに休憩を取ってくださいね。それと、手紙をお願いしてもよろしいですか？」

父と母へ、祖母へ。妹のルシアへ。もちろん友人たちにも。そして、兄自身への手紙もこっそりと紛れ込ませている。

「ああ、任せとけ」

言いながら、上着の内側へ手紙を入れる。

そして、別れ際の抱擁を交わす。

「幸せに暮らせよ、ヴィオ。嫌になったらいつでも帰ってこい」

「ふふ、ありがとうございます。お兄様、お気をつけて」

背中をそっと撫で、離れる。少し名残惜しさを感じながら。

「じゃあな。エルネスト、また王都で」

オスカーがブラックサンダーに颯爽と跨ると、ブラックサンダーが力強く走り出す。大きく翼を動かし羽ばたいて、空へと飛び立った。

風に乗って帰っていくオスカーを、地上から見つめ、無事を祈る。

「賑やかだったな」

エルネストが感慨深げに言葉を零す。

「ええ、とても」

ヴィオレッタは微笑みながら、エルネストに寄り添った。

「わたくしたちにも早く家族が増えたらいいですね。こればかりは授かりものですけれど……」

「ヴィオレッタ」

優しい声で名前を呼ばれ、顔を上げる。

青い瞳は穏やかにヴィオレッタを映していた。

「もし、子を授かれても、そうならなくとも、私が君以外を愛することはない」

ヴィオレッタの不安が全部わかっているかのような言葉に、胸がいっぱいになった。何も言えなくなっていると、エルネストに抱き締められる。

「君と共に生きられる時間こそが、私の喜びだ」

優しい抱擁で、あたたかく満たされていく。

——きっとこれから先の日々は、一層輝きを増していく。

そう、心から信じられた。

番外編　ルシア・レイブンズの後悔

ルシア・レイブンズは十五歳になる年に貴族学園に入学した。

兄オスカーはちょうど入れ替わりで卒業し、姉ヴィオレッタは今年が三年目で最終学年。今年は姉も一緒に学園に通うけれども、来年になれば完全に自由。誰の監視もない場所で過ごせる。

いままでは淑女教育のためと言われて、ほとんど屋敷から出ることができなかった。

だが、これからは違う。学園はルシアにとって初めての自由な場所だった。

「お姉様、学園ってとっても楽しい場所なのね」

帰りの馬車に一緒に乗るヴィオレッタに話しかける。

ヴィオレッタは読んでいた本から顔を上げて、ルシアを見て微笑んだ。

「ルシアがそう感じられてよかったわ。お友達はできたかしら？」

「はい。皆様、とても親切なの」

不慣れなルシアに、生徒も、教師もみんな親切にしてくれる。

「それでね、お姉様。今度外で遊びましょうって誘われたのだけれど、いいのかしら？」

「節度を守っていれば大丈夫よ。ジェームスにはちゃんと事前に言っておくのよ」

「はい、お姉様」

ルシアは姉が大好きだった。

優しくて、口うるさく言ってこない。いろんな美味しいものを作って食べさせてくれる。

いつも落ち着いていて、頭がいい。いまも何か難しそうな本を読んでいる。真剣な表情は、なんだか凛々しくて格好いい。とても、頼りになる。

土いじりが好きなことと、頻繁に領地に行くところは理解できないけれど。

ルシアはわくわくしながら、窓の外を見つめた。


次の休みに、侍女を連れて友人たちと共に商業地区に遊びに行った。

いままでは商人が家に来るばかりだったルシアには、とても新鮮な光景だった。

「外って、なんでもあるのね。なんて楽しい場所なのかしら！」

あまりにも楽しくて、休日には毎回外に遊びに出るようになった。

遊び疲れたらレストランやカフェで休憩し、美味しいものを食べる。姉が経営しているミエル・ヴィオレにもよく行った。特別な部屋で、特別な試作品を食べさせてもらったりもした。

姉が考えるスイーツはどれも斬新で、すごくわくわくした。

——外は知れば知るほど魅力的で楽しい場所で、もっともっと遊びたくなった。だが、門限が厳しいため、あまり長く外にはいられない。

家に帰る時、夕暮れに染まる景色を眺めながら、ルシアはいつも考えていた。

（夜はどんな光景なのかしら）

――知りたい。

この王都は、夜はどんな顔をしているのだろう。どんな秘密を隠しているのだろう。

――知りたい。

一度気になってしまえば、この目で見てみたくてたまらなくなった。

だから、ルシアは一計を案じた。

評判のコンサートを聴きに行きたいと執事のジェームスに言ってみた。それは夕方から始まり、終演時間は夜遅くになるものだ。芸術と流行を知るためと言えば、無事に父からも許可が出た。

（素敵なレディになるための勉強だと言えば、お父様はなんだって許してくれる）

そうしてルシアは母と共にコンサートに行くことができた。その日はいい子にして素敵な音楽を聴き、馬車に乗って夜の街並みを眺めて家に戻った。

それからは頻繁に観劇やコンサートのために夜の街に繰り出した。ほとんどが保護者同伴だったが、どうしても誰の都合も付かずに侍女と共に行くこともあった。

外出での行き帰り、夜のカフェでお茶をすることも、レストランで食事をすることもあった。

毎回、とても楽しかった。

夢のようだった。

――そして、ある日。

ルシアはコンサートの途中で侍女の監視を振り切って、コンサートホールから抜け出した。

（少しだけ。ほんの少しだけよ）

ひとりで飛び出した夜の世界は、いままで見てきたものとはまるで違っていた。

興奮と好奇心に駆られて、街を歩く。知っている場所も、昼と夜ではまったく顔が違う。前に進むたびに心臓がドキドキする。

可愛い野良猫と一瞬目が合い、後を付いて路地へ入る。

どこに連れて行ってもらえるのか、わくわくしながら後ろ姿を追っていたが、猫がいきなり高く飛び上がってどこかに消えてしまう。

「あーあ……残念……」

——冒険の時間はそろそろ終わり。

帰ろうと振り返ったルシアは、戸惑った。道が二手に分かれている。狭く入り組んだ場所にいつの間にか足を踏み入れていたルシアは、自分がどちらから来たかわからない。

——迷った。

そう気づいた瞬間、いきなり周囲の雰囲気が変わる。錆びついたような、湿った空気が。どこかから聞こえる物音が。風の音が。暗闇が。いきなりとても恐ろしいものに感じた。

（すぐに大通りに出られるはずよ……）

勘を頼りに歩き出す。やっと道を一本抜けるが、大通りには辿り着かない。

方向が間違っているのか——戻るべきか、進むべきか。逡巡しながら辺りを見回した刹那、大きな人影が近づいてくるのが見えた。

ぞっとしたルシアは、わずかに明るい方向へと歩き出す。すると、その人物もルシアの後を追ってくる。足を早めると、相手も早足になる。

――完全に、ターゲットにされている。

走り出そうとした刹那、地面のぬかるみに足を取られてバランスを崩しかける。

その瞬間、追いついてきた不審者に腕をつかまれた。

悲鳴を上げようとして口をふさがれる。

強い力。大きな身体。知らないにおい。荒い呼吸。命令するような興奮した声。

――外は危険な場所だと、父から何度も聞かされていた。

――そんなことはないと、外に出てから知ったのに。

「その手を離せ」

――冷静な声が低く響いた。

ルシアを拘束する男の意識が、そちらの方へ向く。

「逃げられると思うな」

俊敏な影が足元で動いたかと思うと、一匹の犬が勢いよく不審者の腕に噛みついた。

不審者は怒声を上げて腕を振り払い、その拍子にルシアも解放される。

次の瞬間、誰かが不審者を一撃で昏倒させた。

――初めて間近で見た暴力に、ルシアはへなへなと壁にもたれ込んでしまう。

「怪我はないか？」

声が静かに響く。銀髪が、夜の中で月のように輝いていた。

青い目が、遥か上からルシアを見つめていた。

「は、はい……」

――不思議だ。知らない男性なのに、何故か彼は信頼できると思った。

「いくら道に迷っても、路地には入らないことだ。一人で歩き回るのもやめておいた方がいい。己の欲望に忠実な者にとっては、格好の獲物だ」

――ムッとする。

そんな言い方はないだろう。あんなに怖い思いをしたばかりなのに。紳士ならばまず優しく慰めるべきではないだろうか。

「連れの者はいないのか？」

「コンサートホールに……」

「アンバー、送ってやれ」

男が言うと、犬が尻尾を振ってルシアに寄り添い、こっちこっちと案内するように飛び跳ねる。

「……あなたが送ってくれないの？」

ルシアはレディだ。貴族の娘だ。誰よりも大切にされるべきだ。

紳士たるものの心得を教えてあげようとしたが、そこには既に男も不審者もいなかった。

「……なんだったのかしら……」

ルシアはそのまま犬の案内に従って歩き、大通りに出る。アンバーと呼ばれた犬はとても賢くて、愛嬌があり、人懐こかった。

そして、一度も迷うことなくルシアをコンサートホールまで送ってくれた。

コンサートホールの眩い姿と人々の気配に、ほっと緊張が解ける。

「ありがとう……」

アンバーに礼を言うと、すぐにどこかへ行ってしまった。きっとあの男性の元に帰ったのだろう。

「お嬢様！　どちらへ行かれていたんですか！」

犬が消えていった方向をぼんやりと眺めていたルシアのところへ、侍女が大慌てでやってくる。

「ごめんなさい。少し休憩しようとしたら、迷子になってしまったの……でも、ここからは出ていないから」

「本当ですね？　敷地からは出ていないのですね？」

「もちろんよ」

——嘘をついた。

ここで本当のことを言えば、二度と外へ出してもらえないと思ったから。

侍女は安心したように大きく息をつく。

「もうお一人で行動してはダメですよ」

「ごめんね。もうしないわ」

素直に謝りながらも、ルシアの意識は別の場所にあった。

（あの人、何者だったんだろう……）

兄と同じ年頃ぐらいの、銀髪の男性。

――もう一度会いたい。そして聞きたい。あなたは誰？　と。

どこでなら会えるだろう。夜の街中で出会ったのだから、同じ場所にいればまた会えるだろうか。

だが、それはとても危険なことだ。また不審者に絡まれたら、今度はどうなるかわからない。

（……身元がはっきりしている人たちのところなら、安全よね？）

そう考えたルシアは、次は貴族たちが催す夜会や舞踏会に参加することに決めた。

あの男性が貴族かはわからない。出会えるかもわからないが、少しでも可能性があるなら行動したい。会場で会えなくても、外に出てさえいれば何かの偶然で会えるかもしれない。

父には、社交界に出て交流を広めたいと言ったら、たくさんのドレスを作ってもらえた。

それを知った兄が、甘やかしすぎだと父に物申していたが、ルシアは気にしなかった。

（わたしは可愛いから、当然よね）


父の伝手で参加した夜会では、次から次へとたくさんの男性にダンスに誘われた。ダンスが得意なルシアは、快く誘いを受けた。せっかくのパーティなのだから楽しみたい。

ただ、全員一曲だけ。

二曲目を踊りたいと思えるような相手はいなかった。

何度もパーティに参加し、そしてその日――ルシアはついに見つけた。

長身でよく目立つ、銀色の髪の貴公子を。

あの夜と全然違う場所だが、ルシアにはわかった。見間違えるはずがなかった。

そして確信する。

向こうも自分を探しているのだと。

（これが、運命の再会というものなのね！）

一瞬で舞い上がったルシアの視線の先で、銀髪の男性はため息をついてホールから出ていく。

（どうして？　わたしはここにいるのに――）

ルシアの方に視線を向けたはずなのに、まるで視界に入らなかったかのようだった。

――無視された？　そんなわけがない。

ルシアはダンスを中断し、銀髪の彼を追いかける。もしかしたら外で待っているのかもしれない。

きっとそうだ。

（わかったわ！　これが、大人の恋の駆け引きというものなのね！）

急いで庭に出るが、彼の姿はどこにもない。

物陰に隠れているのだろうか。戸惑っているルシアをびっくりさせようとしているのだ、きっと。

ならその駆け引きに乗ってあげよう。

（普通なら怒るけれど、あなたにだから付き合ってあげるのよ。あなたは特別だから）

未婚の貴族が集まるパーティに来るぐらいなのだから、結婚もしていないし、婚約者もいないだろう。

（わたしを楽しませてくれたら、恋人になってあげてもいいわよ）

とはいえ、身分は絶対だ。身分の低い相手との付き合いは父が許さないだろう。外見はルシアの好みなので合格だ。紳士の心得は足りないが、これからに期待してあげよう。

そう思いながら庭の奥に進んでいった時。

「――やあ、可愛いお嬢さん。外で誰かと待ち合わせかな？」

背後から、からかうような声が響いた。

振り返ると、木の陰に隠れるようにして若い男が立っていた。

姉と同じぐらいの年頃だろうか。

とても品があって、そしてどこか不思議な雰囲気のある男性だった。

（……なんだろう、この人……なんだか、怖い……）

人当たりのいい笑みを浮かべているのに、何故かとても怖かった。

まるで、影の怪物が人間のふりをしているかのようで。

辺りを見回して銀髪の彼を探すが、どこにも見当たらない。

「こういう場所で一人でふらふらするなんて、誘ってほしいと言っているようなものだよ。そういう遊びはまだ早いんじゃないかな。小鳥さん？」

「…………」

「君の名前は？」

問われ、ルシアは息を呑んだ。

「……ヴィオレッタ」

いつものように、そう名乗った。

――いつからか、外で自分の名前を告げるのを躊躇った時、姉の名前を言うようになっていた。

最初はすごく悪いことをしたような気になったが、もう慣れてしまっていた。

もし何かあっても、あの姉なら。

いつも強くて優しいあの姉なら、何とかしてくれるはずだから。

「素敵な名前だね」

笑っている。なのに、怒っているのが伝わってくる。

黒髪の男性がゆっくりと、ルシアに近づいてくる。

「聞いていた通りだ。気に入ったよ。僕と、もっと楽しい遊びをしないかい?」

優しい雰囲気なのに、何故かすごく恐ろしい。

――怖い。怖い。怖い。怖い。

反射的に踵《きびす》を返して逃げ出したルシアの背中に、声がかかる。

「今日のことは、誰にも秘密だよ」

優しく響くその声は、強く頭に響いた。

ルシアは急いで目付け役として同行していた侍女と合流し、逃げるように家に帰った。

(怖かった……)

屋敷に戻り、ドレスを脱いで、部屋に戻ってからも、まだ身体が震えていた。

「ルシアちゃん、大丈夫？　あのお姉さんにいじめられていない？」

貴族学園で友人たちに訊かれて、ルシアは目を丸くした。

「噂で聞いたのよ。あなたのお姉さん――ヴィオレッタ先輩って、夜遊びをいっぱいして、ルシアちゃんにも当たりが強いんでしょう？」

――そんなわけがない。

姉はいつも、優しい。そんな風に言うなんて許せない。ちゃんと訂正しておかないと。

（どうしてそんな噂が……もしかして、わたしがお姉様の名前を使っているから？）

――考えるまでもない。それしか原因が思い浮かばない。

（違うって言ったら、もしかして、わたしがお姉様の名前を出していることがバレる？　……そうなったら……どうなるの？）

きっと、友人たちの自分を見る目が変わる。

（どうしよう……）

――そして、ルシアは何も言わないことにした。

自己保身のために逃げたのだ。

次の年、ヴィオレッタが卒業してからは、事態はさらに悪化した。

ヴィオレッタに関する噂がエスカレートして、あることないことが囁かれるようになった。

ルシアの耳に届くものすら、ひどいものだった。実際の姉とはかけ離れたものばかりだった。

（どうして……？　あれ以来遊びに行ったりしていないし、お姉様の名前も出していないのに）

その噂は、人々の悪意を糧に育っていく。

皆、ルシアに同情しているような顔をして、勝手なことばかり言う。

ルシアは誰も信じられなくなっていった。


——ある日の夜、ルシアは屋敷のバルコニーで兄と姉が話している場面を目にした。

「はあ……なんだってこんなことに……どこの誰の嫌がらせだ」

オスカーのため息が夜の空気の中に響く。

ルシアはそっと立ち止まり、聞き耳を立てた。

「困りましたね」

ヴィオレッタのどこか呑気な声が、柔らかく響く。

「お前真剣に受け止めていないだろ」

「だって、事実ではないですし。わたくしが『ふしだらな悪女』だなんて、どこからそんな話が出てきたのでしょう」

ルシアの心臓が跳ねる。

ついに、兄と姉――オスカーとヴィオレッタのところにまで、噂が届いてしまったのだ。

「レイブンズ家へのやっかみか？　お前のおかげで、最近ますます羽振りがいいからな。成功者にやっかみは付き物だが、ターゲットがお前だけってのが不可解だ」

「どこかで恨みを買ったのでしょうか。それとも、王都にほぼいないからこそでしょうか」

「……噂の出所を探るか」

「探ってどうするんですか？」

「叩きのめして、訂正させる」

「そんな、無茶です」

ヴィオレッタが慌てたように言う。

「このまま黙っていられるか」

「やめてください。危ないです。お兄様が怪我をします」

「僕が直接手を下すわけじゃない」

オスカーは真剣に調査と制裁を考えている。

このままだと、いずれルシアが元凶だとバレてしまうだろう。

ルシアは覚悟して、バルコニーに出た。

「お兄様、お姉様……！　ごめんなさい、全部わたしが悪いんです……！」

突然現れたルシアの告白に、オスカーもヴィオレッタも戸惑っていた。

ルシアは涙をぽろぽろと零しながら、続けた。

「わたしが……わたしが、お姉様の名前を出してしまったから……」

「お前が？」

「ルシア……どういうこと？　落ち着いて、ゆっくりと話してみて」

ヴィオレッタに涙を拭かれながら、ルシアは一部始終を話していった。コンサートホールを抜け出した時の話だけは伏せて。

すべての話が終わった時、オスカーが困惑しながら頭を抱える。

「ルシア、お前……なんてことをしてくれたんだ……」

「ごめんなさい……」

「事実無根じゃなかったってわけか……外で遭ったやつらには、何もされなかったのか？」

無言で頷く。

「あなたに何もなくて良かったわ……でも、ルシア。どうしてわたくしの名前を出したの？」

「お姉様なら、なんとかしてくれるんじゃないかって」

姉は強い。守ってくれると思ったから。

「……そう――わかったわ。噂はそのままにしておきましょう」

その言葉には、さすがにルシアもびっくりした。驚きで目を丸くするルシアの前で、オスカーがヴィオレッタに詰め寄る。

「ヴィオ、お前本気か？　この噂がどれだけ不名誉で、これからの社交界で不利なものになるか、さすがにわかるだろ？」

「大丈夫です。わたくしは結婚するつもりなんてありませんから。社交界に出るつもりもないもの。変な噂が流れても気にしません」

ヴィオレッタは明るく笑う。

「それよりも、ルシアを守る方が大切です。これが誰かの企みによるものだとしたら、変に反応するとルシアに害が及ぶかもしれません」

「だからって……根本的な解決になってない」

「どうせ噂はすぐに収まります。だって事実ではないですもの。ただの、ささやかな嫌がらせです」

オスカーは頭を抱え、深くため息をついた。

ルシアはおろおろするばかりで、何も言えなかった。

――ヴィオレッタ本人の人となりを知る人間は、噂が事実ではないとわかりきっている。

だが、噂を広めるのは、無責任で、面白いことが好きな人々だ。放置しておいて、本当に大丈夫なのだろうか。

少なくとも、まともな婚姻話は望めない。

だがヴィオレッタはまるで気にした様子がない。

「お父様にもそう話します。きっと、わかってくださいます。いいわね、ルシア?」

その判断は正しくないと、心の中ではわかっていた。

だがルシアには、姉の優しさに甘えるほかに何もできなかった。

「はい……ありがとう、お姉様……」

「いいのよ、ルシア。お兄様も気にしないで。これで思う存分、農業に集中できますから！」


――そしてその、すぐ後。

驚くべきことにヴィオレッタの結婚が決まった。

ヴィオレッタの悪い噂は、いまだに世間からは忘れられていない。そんな状況での政略結婚。父が何を思って、どんな手を使って結婚話をまとめたかはわからない。

だからきっと、まともな相手ではないだろう。

罪悪感に苛まれていたルシアは、挨拶に来たヴィオレッタの結婚相手を見て、その名前を知って、胸が凍り付いた。

――エルネスト・ヴォルフズ侯爵。遠い北の地を治める領主。

あの夜に出会った銀髪の男性が――ルシアにとっての運命の相手が、姉と結婚する。

(どうして……？)

それでも、ただの政略結婚なら、ルシアも耐えられたかもしれない。

姉は結婚式の前も、式の間も、ずっとヴォルフズ侯爵を見ることはなかった。だが、侯爵はずっと姉のことを気にかけているのが、ルシアにはわかった。

――愛のない結婚のはずなのに。

冷たい瞳に込められていたものは、愛情と呼ぶには儚すぎるもので。

逡巡や苛立ちさえ混ざっているようにさえ見える。

だが、その奥には確かに、特別な感情が見て取れた。

他の誰にもわからなくても、ルシアにはわかった。

ヴィオレッタを見る目と、ルシアに向けられる視線は、あまりにも違ったから。

(どうして……?)

姉の結婚式の後、ルシアは部屋で一人泣き崩れる。

——いったい、どこで、何を間違えたのだろうか。

あの時、姉の名前を出さなければ。

姉の噂が流れ始めた時、ちゃんと否定しておけば。

彼の隣に立っていたのは、自分だったのだろうか。

(わたしも……わたしも、あの人がよかった)

ルシアの気持ちは、誰にも知られることなく涙の中に沈んでいく。

——そして、ルシアは思い知る。

どんなに泣いても、どんなに焦がれても、望んでも、手に入らないものがこの世にはあると。

引き裂かれるような胸の痛みは、きっと一生忘れることはできない。

相手は姉の夫なのだ。

世界でたった一人の、大好きな姉の。

だから、どれだけ辛くても、苦しくても。

この気持ちは一生、隠し通さなければならなかった。

番外編　エルネスト・ヴォルフズの結婚

——結婚は女王命令だった。

「エルネスト。あなた、レイブンズ家のヴィオレッタ嬢と結婚なさい」

女王の執務室に、落ち着いた声が響く。

部屋には女王とエルネスト、そしていつも女王の傍にいる近衛騎士しかいない。

また任務の話で呼び出されたと思っていたエルネストは、思わぬ命令に驚かされた。

「彼女は女神の客人である可能性が高いわ。あなたが領地で守ってあげなさい」

——この世界のものではない知識を持って生まれた人間を、女神の客人と呼ぶ。

彼らの知識は世界の発展に寄与することもあるが、稀に、災いをもたらすこともある。

そして、異世界の知識を欲する人間に狙われることもある。

異能持ちの貴族が未知の知識を悪用することがあれば、女王の治世を揺るがしかねない。

——そこで、エルネストが選ばれた。

ヴォルフズ家の領地は辺境で、保護も監視も容易い。エルネストは未婚で婚約者もいない。まさにうってつけというわけだ。

「あら、浮かない顔ね。喜ぶと思ったのに。何か、気になることでも?」

「……伯爵は承知しているのですか?」

レイブンズ伯爵は、投資と商売が得意で、財を成すのが趣味という、エルネストと真逆の傑物だ。その伯爵は最近ますます金回りがよくなっている。しかし身辺は綺麗なもので、法や道徳を犯している疑いはない。

清廉潔白と言ってもいいが、貴族らしく野心は強い。王族と血縁関係になりたがっている節がある。血縁を強化することで権力を増し、大貴族に成ろうとしている向きがある。

婚姻政策のための大事な駒を、爵位ばかり高い辺境貴族に嫁がせることに納得するとは思えない。

「もちろん、理解してもらっているわ」

女王は冷たく微笑む。

ならばもうこの話は確定ということだ。

エルネストには拒否権がない。もちろん、レイブンズ伯爵にも、ヴィオレッタ嬢にも。

「承知しました、女王陛下」


レイブンズ伯爵の情報はある程度持っている。

嫡男のオスカー・レイブンズのことも知っている。ほとんど交流はなかったが、同時期に学園で学んだ。レイブンズ家特有の異能を保有し、やや我が強い男だ。

二人の娘のことは、どちらもよく知らない。知る必要がなかったが、これからはそうはいかない。

「――ヴィオレッタ嬢？　噂だけなら知ってるよ。奔放で自由な女性だって。恋人は若手商人に実業家、騎士に貴族に領地の護衛。流石に不倫は聞かないけど、金遣いも豪胆だって。結婚は無理だけど恋人にはなってみたいねえ」

王城で働く知人に訊いてみると、笑いながら言う。

エルネストは深くため息をつく。

――レイブンズ家の自由を求める気質は、娘にはそういう形で受け継がれたらしい。

元々結婚に前向きではなかったが、更に気が重くなる。エルネストにとって、一番相容れないタイプだろう。噂は大げさに言われている部分もあるだろうが、こういう噂が流れること自体、ろくなものではない。

これではまともな婚姻話は望めなかっただろう。レイブンズ伯爵が女王命令を承諾したのは、それもあってのことかもしれない。

「彼女がどうかしたのかい」

「結婚することになった」

「……ああ、そりゃあ、なんというか……ご愁傷様」

心底同情したように言う。

(――まあいい。命令されたのは結婚だけだ。子をつくれとは言われていない)

領地で保護するだけでいいなら楽なものだ。贅沢しようにも何もない場所だ。すぐに退屈さに飽き飽きして暇潰しを始めるだろうが、別に構わない。

エルネストはヴィオレッタを領地に送り届けたら、すぐに王都に戻るだけだ。結婚したからといって己の仕事が軽くなるわけでもない。

だから、結婚後も彼女と関わることはほとんどないだろう。

使用人たちには苦労をかけてしまうだろうが、それは覚悟してもらうしかない。

「でもまあ、噂はただの噂だし。意外といい娘かもしれない――って、どこへ行くんだい」

「街に出てくる」

「気をつけて。自棄になるんじゃないよ」

「なるものか」

望まない結婚だろうが関係ない。いずれ結婚する必要はあった。その時が来たというだけの話だ。


エルネストの仕事――ヴォルフズ家当主が女王から任じられているのは、いわば国の治安維持だ。

特に、異能持ちの貴族の監視が主になる。

実際に罪を犯せば捕縛し、裁判所に送り届ける。それが不可能な場合は相応の処置をする。

『女王の犬』と揶揄《やゆ》されることもあるが、そのとおりだ。

仕事内容や、その存在については、ごく一部の人間しか知らない。エルネストは昔からの使用人にすら、詳しいことは知らせていない。

街の様子を把握しておくのも、仕事の一環だ。通れる道も、閉鎖される道も、日々目まぐるしく変わる。いざという時のためにもルートを把握しておかなければ話にならない。

あらゆる路地、新しい建物、取り壊された建物、営業する店、潰れた店、住人の様子に客層。異変やトラブルはないか。頭に入れておくべきことはいくらでもある。

移動しているうちに空腹を感じてきたので、目に入ったバーガー店で昼食を買う。

ハンバーガーとライスバーガーは、いまや王都でスタンダートになっている軽食だ。

ライスバーガーに使用されている米という穀物は、元は異国のもので、最近国内でも栽培され始めたものらしい。物珍しさから流行り始め、少しずつ浸透していった。

手早く食べられ、腹持ちもいいので、エルネストもよく食べていた。

出来立てのそれを受け取り、熱いうちに食べる。

(……やはり、似ている……似ているが、やはり何かが足りないな……)

学生時代に会った、菫色の髪に、ハチミツのような瞳。春の花のような女性が遠慮がちにくれたそれの味と。

似ているが、何かが足りない。

そして何度考えても、何が違うのかわからない。

答えを探そうとするたびに、彼女のことばかり思い出す。もう顔もおぼろげで、思い出すのは陽だまりのような柔らかい雰囲気だけだ。

そして思い出すたびに、肩の力がふっと抜ける。

(元気にしているだろうか……そろそろ卒業しただろうが)

あの頃は爵位と仕事を継いだばかりで、心身ともに疲弊していて。

礼もろくに言えず、名前も知らないままだ。わかるのは貴族ということぐらい。

夜会で偶然出会えないかと姿を探したこともあるが、見つかることはなく、エルネストもそのうち夜会に出なくなった。

——本気で調べようとすれば、すぐにどこの誰かわかるだろう。

だが、調べてどうするのか。

彼女にもきっと婚約者がいる。数年たったいまは、結婚している可能性が高い。

爵位ばかり立派で、没落寸前の貧乏貴族の自分では、どうしようもない。

そして、命令で結婚が決まったいまとなっては、再会できなくて良かったと思う。

どこかで幸せに暮らしてくれていれば、それで充分だ。


当人同士での顔合わせもないまま、婚姻話は進んでいく。

契約の取り決め内容に特に気になることはなかったが、レイブンズ伯爵から示された持参金の額には驚かされた。

ヴォルフズ家の経済事情を熟知しているかのような莫大な金額。

娘に苦労をさせたくないという親心が垣間見え、ひどく情けない気分になった。

陰鬱な気分のままレイブンズ家を後にしようとした時、嫡男であるオスカーが外で待ち構えていた。ひどく不機嫌そうな顔で。

菫色の瞳が、強く睨んでくる。

「不幸にだけはするなよ」

怒りを隠しもせずに言う。

「あいつは自力で幸せになれるやつだから、そこは心配していない。だが、不幸にしたら殺す」

――不幸も何もない。

エルネストは契約通りに結婚するだけで、女王の命令通りに領地で保護するだけだ。

大人しくしている限りは枷を付けるつもりもない。所詮、鳥籠の中だけの自由だが。

それでも、オスカーが意外に妹思いなことには驚かされた。レイブンズ伯爵にしてもそうだ。伯爵夫人も、婚姻を喜んでいたがどこか心配そうでもあった。

ヴィオレッタ・レイブンズは、家族に深く愛されているようだった。

「……わかっている」

居心地の悪さを感じながら、エルネストはレイブンズ家を後にした。


結婚直前になって初めての顔合わせがあり、エルネストは驚愕した。

目の前で、顔も上げずに固まったような笑みを浮かべて佇んでいたのは、学生時代に会ったあの女性だった。

ずっと忘れられなかった女性がヴィオレッタだと知って、エルネストは初めて気持ちが浮つくという経験をした。

しかし、次の瞬間に思い出した噂の数々で、浮いた気持ちは冷たい水底に沈められる。

噂は噂だ。事実ではないかもしれない。だが、もし問い詰めて、否定しなかったら――……

そう思うと、何も訊くことができなかった。

そして彼女は最後まで、その瞳にエルネストを映すことはなかった。

不本意な結婚だというのは、嫌でも伝わってきた。

勝手に浮かれ、勝手に疑い、勝手に失望し。それでも結婚の準備は進んでいく。もう後戻りはできない。

王都では小規模の結婚式を挙げ、結婚証明書にサインをして法的に夫婦となった。

白い花嫁衣装を着たヴィオレッタは、ずっと、何も言わなかった。目を合わせようともしなかった。彼女が何を考えているのか、この結婚をどう思っているのか、何一つわからないまま別々の馬車で領地へ向かい、改めて結婚式を挙げ、初夜を迎えた。

不安と疑念だけが膨らんで、何も訊けず、何も言えなかったエルネストは、その夜ついに、絶対に許されない言葉を吐いてしまった。


「――エルネスト様、エルネスト様」

心配する声に呼ばれて、深い眠りから目を覚ます。

ベッドで目を開くと、ヴィオレッタがすぐ傍にいた。眠りに落ちる前と同じ場所に。

「大丈夫ですか？　すごくうなされていましたよ」

ヴィオレッタの顔には心配の色が浮かんでいた。

室内は暗く、朝はまだ遠い。窓から差し込む月光は淡いままだ。

「ヴィオレッタ……」

「はい」

名を呼ぶと、優しく応えてくれる。伝わってくる体温はとてもあたたかい。

――結婚後、一年経ってようやく知ったヴィオレッタの姿は、学生時代に会った彼女のまま――いや、それ以上に、愛情深く聡明で、誠意と生命力に溢れた女性だった。

彼女を知るたび、触れるたびに、かつて先入観と偏見で彼女を見たことを、そしてそれに対する罪悪感で、胸の奥が痛む。

「……あの時は、すまなかった……」

ヴィオレッタは一瞬、何のことを言っているかわからないような顔をして、次の瞬間に柔らかく微笑んだ。

「もう、またそれですか？　エルネスト様って、本当に可愛らしいですわね」

「か……」

――可愛らしい、と言われたのは生まれて初めてだ。

複雑な気分でいると、ヴィオレッタは軽く笑ってエルネストを抱きしめた。

「わたくしたちはこれからじゃないですか。これから、お互いをもっと知っていくんです」

ハチミツのような琥珀色の瞳が、エルネストを見つめる。

「昔より、いまのわたくしを見てくださらないと嫌です」

「あ、ああ、そうだな……」

妻の柔らかさと温もりに焦りを覚えながらも、自然とその身体を抱きしめる。

「ふふ、あたたかくて、安心します」

ヴィオレッタは少し照れたように微笑み、エルネストの額にキスをした。

「おやすみなさい。いい夢を」

そのままエルネストの腕の中で眠りに落ちる。

安心しきって眠るヴィオレッタを起こさないように、慎重にベッドに寝かしなおす。

そして、その寝顔を見つめた。

――あの夜、エルネストは許されないことを言った。

ヴィオレッタが許してくれたとしても、自分で自分が許せない。

この後悔も、痛みも、一生消えないだろう。だが、その痛みにすら幸福感を覚える自分は、本当にみっともないと思う。

――それでも、彼女を守りたい。愛し続けたい。片時だって離れたくない。王命すら関係なく。

彼女の望みを叶え続けたいと思いながら、静かに目を閉じた。

――翌朝。

エルネストが目を覚ますと、ヴィオレッタが真剣な表情で顔を覗き込んでいた。

「おはようございます、エルネスト様」

「あ、ああ……おはよう」

ベッドで寝たまま挨拶を返すと、ヴィオレッタはにっこりと微笑む。

「エルネスト様、わたくしにしてほしいことを教えてください」

「………………」

思わぬ要望に、言葉に窮する。

今度はいったいどんなつもりなのか――固まるエルネストの前で、ヴィオレッタは真剣な表情で続ける。

「ずっと考えていたのですが、わたくしもたまにはエルネスト様のわがままを聞いてみたいです」

「……何？」

「だって、いつもわたくしのわがままばかり聞いていただいていますもの。対等ではありません。ですので、なんでも言ってみてください」

――わがまま。

いままで生きてきて、これほどの難題は初めてだったかもしれない。

そもそも、貰ってばかりなのは自分の方だ。これ以上何を望めと言うのか。

ひとまず身体を起こそうとすると、ヴィオレッタに肩を押さえ込まれる。弱い力に、軽い重み。

なのに、まったく動けない。逆らえない。

「おっしゃられるまで逃がしません」

いたずらっぽく笑うその姿が、あまりにも可愛くて。

首に触れる髪がくすぐったくて、ますます抵抗できない。

「ッ……では、君の希望を聞いてみたい」

これ以上彼女に何かを求めるなんてできないし、そもそも思いつかない。

だからそのまま聞き返してみたのだが。

「では、わがままを言ってみてください」

「………………」

いままで生きてきて、これほどの窮地は初めてだ。

非合法薬物の密売組織を壊滅させた時も、鎖を巻き付けられて川に落とされた時も、血に飢えた闘技用魔物をけしかけられた時も、ここまでではなかった。

いよいよ困ったエルネストは、ついに、いつか言おうと思っていて、いつも諦めていたことを口にした。

「……君に、持っていてもらいたいものがある」

「まあ、なんでしょう?」

「朝食後に話す」

「ふふっ、楽しみです」


朝食後、ヴィオレッタと共に書斎に入ったエルネストは、窓から光の差し込む中、机の引き出しを開けた。

中身を取り出して二重底を慎重に開けると、小さな箱が出てくる。

箱の蓋を開けると、中から青く輝く指輪が現れる。

「まあ……素敵な指輪ですね」

ヴィオレッタが驚嘆の声を上げる。

エルネストは深く頷き、指輪を取り出してヴィオレッタに見せた。

「これは、代々当家に伝わる石だ。価値あるものはほとんど手放したが、これだけはできなかった」

「……これってもしかして、青いダイヤモンドですか?」

「ああ、そう聞いている」

昔、この地の鉱山から産出されたものらしい。滅多に存在しないものだというが、その価値はわからない。あまりにも希少すぎて値が付けられないらしい。

「なんてことでしょう……本当に、すごく綺麗ですね……エルネスト様の瞳の色ですね」

純粋な喜びが広がる笑顔を見て、手放さなくて本当によかったと思った。

「――これは、ヴォルフズ家の代々の花嫁が身に着けるものだ。渡すのが遅くなってすまない」

ヴィオレッタは一瞬ぽかんとし、驚きに目を見開いた。

「わ、わたくしがこれを持っておくのですか？」

「ああ、そうしてほしい」

「む――無理、無理です！　これが、どれほど価値があるものか、わたくしにもわかります！　家宝……いえ国宝級……いえ世界の宝？　とにかく無理です！」

「わがままを聞いてくれるんだろう？」

「で、ですが限度というものが」

「君にだから、持っていてもらいたい。私の花嫁に」

ヴィオレッタの顔が一瞬で赤く染まる。

「……でも……もし万が一失くしてしまったら……雪の中に落としてしまったり、土に埋もれてしまったら、大変なことに……」

「物が失われる時は、持ち主の身代わりになった時だという。君が無事でさえあれば、なくなっても壊れてもいい」

エルネストにとってヴィオレッタはかけがえのない存在だ。石とは比べ物にならない。

「ですが……」

「たとえこの石が砕けようと、私が君を想う心には傷一つつくことはない」

素直な気持ちを伝えると、ヴィオレッタは顔を更に赤くして固まってしまった。

その姿を美しいと思った。

菫色の髪の艶やかさも、琥珀の瞳の透き通った輝きも、きめ細かな肌も、やわらかい頰も形の良い唇も。

女神のような彼女が、頰を赤らめ、瞳を潤ませて戸惑っている姿を、たまらなく愛しく思う。

「ヴィオレッタ、受け取ってもらえるだろうか」

「……はい」

エルネストは喜びに胸を満たされながら、ヴィオレッタの左手を取った。そして、細い薬指にそっと指輪をはめる。その石が彼女の指元に場所を得たことが、嬉しかった。

エルネストはその手に、柔らかくキスをした。

「愛している」

美しく賢く、生命力に満ち溢れ、眩しくて、だがどこか儚い——誰にでも惜しみない愛情を注ぐ彼女のことを愛している。

「ヴィオレッタ、どうか私に教えてほしい。君がどんな時に幸せを感じるのか」

エルネストは女性の喜ばせ方をよく知らない。いままではそれで困ることがなかった。

だがいまは、切に知りたいと願う。

たったひとりを喜ばせる方法を。

「……わたくしは、エルネスト様といられるだけで幸せです」

微笑んだヴィオレッタは、エルネストの顔に手を伸ばし、そっと頬に触れた。

「名前を呼んでもらうのが、好きです。一緒に食事をするのが好きです。目が合う瞬間が、あなたの笑顔が、すごく好きです」

照れたように笑う姿が、あまりにも愛おしい。

「あなたがわたくしのことを考えてくださるのが、すごく、嬉しいです」

ヴィオレッタはそう言って、エルネストに抱き着いてきた。

「わたくしは、いつもエルネスト様のことを考えていますから……エルネスト様も、離れ離れになっても、時々はわたくしのことを思い出してくださいね」

「ひとときだって、君を忘れることはない」

ヴィオレッタを強く抱きしめ返す。

春が来れば、一度離れることになる。

せめてそれまでは、一秒たりとも離れたくない。できるならば、ずっと独占していたい。

だが、このわがままは、口にしないでおく。

彼女の自由を愛する心を、何より尊重したかった。

あとがき

こんにちは。朝月アサです。

この度は、『転生令嬢ヴィオレッタの農業革命 ① 美食を探究していたら、氷の侯爵様に溺愛されていました?』をお読みいただき、誠にありがとうございます。

このお話は「転生した貴族令嬢が大活躍する話」を書きたい気持ちから始まりました。

農業要素や美食要素を加えつつプロットを組み立てていくもなかなかうまくまとまらず、いったん寝かせていたものを、ヒーローのエルネスト視点の短編ならうまくまとまるかな?と突発的に短編として書き上げました。

それが好評をいただけたので、改めてヴィオレッタ視点で中編化したのが原型になります。

とにかく元気に進んでいくヴィオレッタにぐいぐい引っ張られる形で行き当たりばったりで書き続け、こうして一冊の本となりました。それもこれも短編から中編まで読んでくださった読者様と、お声をかけてくださった編集さんのおかげです。本当にありがとうございます。ヴィオレッタの勢いはとどまるところを知らず、続きも鋭意執筆中ですので、どうぞ楽しみにお待ちください。

この作品を書きながら、さまざまな農法や作物について勉強し、実験を重ねました。「この作物をこの地方で作るには地温が足りない」「二毛作は無理」「土壌が」「肥料が」「農具が」などなど四苦八苦もしました。ヴィオレッタも同じような苦労を経験し、少しずつ乗り越えてきたと思います。

農業は本当に積み重ねの連続です。基本的に一年に一回しかトライできないですから。長い長い歴史の結晶だということを知れば知るほど先人たちへの感謝と、現代農業の素晴らしさを感じました。

そうやって生まれた物語を素晴らしいイラストで彩ってくださったゆっ子先生、本当にありがとうございます。日々眺めては感動しています。

読者様からの感想はいつも励みになっています。温かい言葉の数々に支えられ、次の物語に向けての力をいただいております。

そしてこの作品に関わってくださっているすべての方々に、厚くお礼申し上げます。

それでは、また次巻でお会いできることを楽しみにしています。

朝月アサ

転生したら最愛の家族にもう一度出会えました
前世のチートで
美味しいごはんをつくります
I make delicious meal for my beloved family
あやさくら
Illustration CONACO
EARTH STAR LUNA

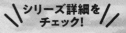

転生しました、
サラナ・キンジェです。
ごきげんよう。
～婚約破棄されたので
田舎で気ままに
暮らしたいと思います～
辺境の貧乏伯爵に
嫁ぐことになったので
領地改革に励みます
～ドラゴンと公爵令嬢～
ライブラリアン
本が読めるだけの
スキルは無能ですか!?
婚約者様には
運命のヒロインが現れますが、
暫定婚約ライフを満喫します!
～あなたの呪い、
嫌われ悪女の私が解いちゃダメですか?～
「聖女様のオマケ」と
呼ばれたけど、
わたしはオマケでは
ないようです。
毎月1日刊行!!
最新情報は
こちら

無自覚聖女は
今日も無意識に
力を垂れ流す
～今代の聖女は姉ではなく、
妹の私だったみたいです～
異世界転移して
教師になったが、
魔女と恐れられている件
～王族も貴族も関係ないから
真面目に授業を聞け～
ボクは光の国の
転生皇子さま！
～ボクを溺愛すりゅ仲間たちと
精霊の加護でトラブル解決でしゅ～
転生したら
最愛の家族に
もう一度出会えました
前世のチートで
美味しいごはんをつくります
こんな異世界の
すみっこで
ちっちゃな使役魔獣とすごす、
ほのぼの魔法使いライフ
強くてかわいい！
EARTH STAR LUNA

EARTH STAR
LUNA

転生令嬢ヴィオレッタの農業革命 ①
美食を探究していたら、氷の侯爵様に溺愛されていました？

発行 —— 2024年7月1日　初版第1刷発行

著者 —— 朝月アサ

イラストレーター —— ゆっ子

装丁デザイン —— 山上陽一

発行者 —— 幕内和博

編集 —— 筒井さやか

発行所 —— 株式会社アース・スター エンターテイメント
〒141-0021　東京都品川区上大崎 3-1-1
目黒セントラルスクエア　7 F
TEL：03-5561-7630
FAX：03-5561-7632

印刷・製本 —— 中央精版印刷株式会社

ISBN 978-4-8030-1968-1